Bianca

El príncipe ruso

Lynn Raye Harris

Harlequin

Editado por HARLEQUIN IBÉRICA, S.A.
Núñez de Balboa, 56
28001 Madrid

EL PRÍNCIPE RUSO, N.º 2110 - 12.10.11
Título original: Prince Voronov's Virgin
Publicada originalmente por Mills & Boon®, Ltd., Londres.

I.S.B.N.: 978-84-9000-783-9
Depósito legal: B-31393-2011
Editor responsable: Luis Pugni
Preimpresión y fotomecánica: M.T. Color & Diseño, S.L.
C/ Colquide, 6 portal 2 - 3º H. 28230 Las Rozas (Madrid)
Impresión en Black print CPI (Barcelona)
Fecha impresion para Argentina: 9.4.12
Distribuidor exclusivo para España: LOGISTA
Distribuidor para México: CODIPLYRSA
Distribuidores para Argentina: interior, BERTRAN, S.A.C. Vélez Sársfield, 1950. Cap. Fed./ Buenos Aires y Gran Buenos Aires, VACCARO SÁNCHEZ y Cía, S.A.
Distribuidor para Chile: DISTRIBUIDORA ALFA, S.A.

Capítulo 1

EL GRITO que rompió la noche recorrió la espina dorsal de Alexei Voronov como un río de agua helada. Con todos sus sentidos alerta, miró alrededor de la Plaza Roja, el suelo empedrado cubierto por una ligera nevada. A la derecha, el muro del Kremlin bordeaba la plaza, al final, la torre Spassky, con su reloj gigante como el Big Ben de Londres, y las coloridas cúpulas de la basílica de San Basilio.

Pero era tarde y no había movimiento en la plaza.

Hasta que volvió a escuchar el grito.

Alexei murmuró una maldición. Estaba escondido entre las sombras del Museo de Historia de Rusia esperando que llegara su contacto, pero no podía ignorar los gritos. Aunque seguramente fuera una pelea en alguna discoteca de los alrededores, si había una mujer en peligro tenía que hacer algo.

Iba a costarle una valiosa información, ya que su contacto no esperaría cuando descubriera que no estaba en el lugar indicado, pero llevaba media hora esperando y el hombre no llegaba. En realidad, empezaba a preguntarse si aparecería.

Era posible.

Si su adversario había descubierto sus intenciones, tal vez habría pagado más al informador... aunque Alexei estaba dispuesto a pagarle una fortuna.

Pero no podía quedarse de brazos cruzados mientras oía gritar a una mujer.

Era una maldición ser tan noble, incluso a expensas de sus propios intereses, pensó, con cierta ironía. Él era despiadado en todo lo que hacía, salvo cuando alguien estaba en peligro.

Frente al Kremlin, las luces de los grandes almacenes GUM estaban encendidas y Alexei se dirigió en esa dirección, pero se detuvo al escuchar un ruido. ¿Pasos? El eco en la plaza vacía hacía difícil señalar la dirección desde la que llegaban.

Antes de que pudiese averiguarlo, una mujer apareció de repente en medio de la oscuridad y chocó contra él con tal violencia que estuvo a punto de tirarlos a los dos al suelo.

Alexei la sujetó por la cintura mientras daba un paso atrás para mantener el equilibrio. Era como intentar sujetar a una leona. Ella no emitió ruido alguno, pero lo empujó con todas sus fuerzas, levantando el codo hacia su cara. Instintivamente, Alexei se apartó y le dio la vuelta hasta tenerla de espaldas a él, poniendo una mano sobre su boca.

Si la soltaba, le destrozaría los tímpanos.

–Si vuelves a gritar –le dijo en voz baja– quien te está persiguiendo te encontrará. Y no pienso meterme en una pelea de enamorados.

¿Por qué no podía, por una vez, meterse en sus asuntos? Era tarde, pero su informador aún podía llegar. Había en juego un importante asunto de negocios, por no mencionar años trabajando con un solo objetivo que estaba a punto de conseguir. Perderse ese encuentro con un informador por culpa de lo que parecía una pelea entre borrachos no era parte de su plan. Debería darse la vuelta y volver a la puerta del museo...

La mujer sacudió la cabeza y Alexei pensó entonces que podría ser una turista. Había muchos turistas en Moscú últimamente, al contrario que cuando él era joven. Y repitió la frase en inglés, por si acaso.

Al notar que ella contenía el aliento, supo que había acertado. También hablaba alemán, francés y polaco pero el inglés le había parecido lo más sencillo ya que casi todo el mundo conocía ese idioma.

–No voy a hacerte daño –le dijo–. Pero si gritas, te dejaré sola. ¿De acuerdo?

Ella asintió con la cabeza y Alexei le dio la vuelta. La capucha del abrigo había caído hacia atrás, revelando un cabello oscuro sujeto en una coleta. Sus facciones eran delicadas... aunque el codo que había lanzado contra su cara había sido todo menos delicado. Era una mujer fuerte. Fuerte y frágil al mismo tiempo.

Alexei apartó la mano de su boca y ella lo miró con expresión recelosa, pero no volvió a gritar.

–Por favor, ayúdeme –le pidió, abrazándose a sí misma para contener el frío del mes de abril–. No deje que me hagan nada.

Por su acento, era estadounidense.

No debería sorprenderlo y, sin embargo, algo en ella era totalmente inesperado. No entendía qué hacía una chica estadounidense, que no hablaba ruso, sola en la Plaza Roja a la una de la mañana.

«No te metas en esto, Alexei», le dijo una vocecita.

Pero él no hizo caso.

–¿A quién te refieres, a las autoridades? Si has hecho algo ilegal, no puedo ayudarte.

–No, no –dijo ella, mirando hacia atrás con un gesto de aprensión–. No es eso. Estoy buscando a mi hermana y...

Entonces oyeron gritos en la plaza y ella no esperó su respuesta, sencillamente salió corriendo como lanzada por un cañón. Pero Alexei llegó a su lado en tres zancadas y la tomó del brazo.

–Por aquí –le dijo, tirando de ella hacia los grandes almacenes.

–Hay demasiada luz. Nos verán...

–Precisamente.

Oían el ruido de unas botas sobre el empedrado de la plaza. Alexei la empujó contra uno de los escaparates y ella emitió un gemido de protesta.

–Levanta una pierna y ponla alrededor de mi cintura –le dijo en voz baja.

Ella levantó las cejas asombrada.

–¡Suélteme! No está intentando ayudarme...

–Te aseguro que sí. Pero tú decides, *maya krasavitsa* –Alexei se apartó–. Buena suerte.

–¡No, espere! –gritó ella–. Muy bien, haré lo que me pide.

Alexei sonrió, aunque no era una sonrisa muy amistosa.

–*Spasiba*. Fingiremos ser amantes, ¿de acuerdo? Enreda la pierna en mi cintura –le dijo, mientras la empujaba suavemente hacia el cristal del escaparate.

Ella le echó los brazos al cuello, obedeciendo sin discusiones en esta ocasión, y Alexei agarró sus muslos, empujándola hacia él. Llevaba un abrigo largo que los escondía a los dos y, si lo hacían bien, cualquiera que los viese pensaría que estaban haciendo el amor en plena calle.

La chica dejó escapar un gemido cuando la empujó contra su entrepierna y el sonido fue como un río de vodka en sus venas. Por mucho que intentara controlarse, su cuerpo estaba reaccionando.

Chert poberti.

Era pequeña, suave, y olía al verano en los Urales,

a flores, a sol y a agua fresca. Ese olor le hacía recordar, le hacía sentir. Y a él no le gustaba sentir. No había sitio en su vida para sentimientos.

Los sentimientos te hacían débil, eran capaces de romperte.

–Bésame –murmuró al notar que los pasos se acercaban–. Y hazlo creíble.

Paige parpadeó, atónita. ¿Cómo se había metido en aquel apuro?

Debería haber acudido directamente a Chad cuando Emma desapareció. Pero pensó que su hermana sencillamente se había olvidado de la hora y Paige no quería interrumpir la cena de su jefe cuando había sido tan amable de permitir que llevase a Emma con ellos a Moscú.

Chad Russell era uno de los solteros más cotizados de Dallas. Era un hombre apuesto, inteligente y muy rico. Y ella era su secretaria. O, al menos, lo era durante aquel viaje, ya que su secretaria ejecutiva, Mavis, no podía hacer viajes de más de tres horas por prescripción médica. Mavis tenía un problema vascular que podría ser mortal si pasaba mucho tiempo en un avión, de modo que Chad tuvo que elegir a otra secretaria para aquel viaje.

Había sido emocionante que la eligiera a ella por encima de otras secretarias con más experiencia y estaba decidida a hacer el trabajo lo mejor posible. Chad tenía suficientes asuntos de los que preocuparse. Estaba allí para firmar un lucrativo contrato, no para buscar a una irresponsable chica de veintiún años por todo Moscú.

Y Paige estaba allí para demostrar que era capaz de hacer un trabajo de responsabilidad y, por lo tanto, que era importante en la empresa Russell.

Últimamente incluso había empezado a pensar que Chad estaba interesado en ella algo más que como en una empleada. Intentaba no hacerse ilusiones, pero Chad la había invitado a comer dos veces y le hacía preguntas sobre su vida personal, sobre su hermana y sobre cosas que no tenían nada que ver con el trabajo.

Chad Russell era el hombre más atractivo que había conocido nunca. En todos los sentidos. Y le había gustado desde que entró en su oficina y le sonrió hacía dos años.

Debería haberle pedido ayuda para encontrar a Emma, pero estaba tan acostumbrada a resolver los problemas por sí sola que decidió buscarla sin ayuda de nadie. Y lo lamentaba.

–No hay tiempo que perder –insistió el extraño.

Su voz era ronca, masculina, la pronunciación de las vocales muy marcada. No tenía un fuerte acento, pero resultaba evidente que era ruso.

El corazón de Paige le dio un vuelco dentro del pecho cuando la apretó con fuerza. Tenía que encontrar a Emma, pero antes de eso tenía que sobrevivir a los siguientes minutos. Y, para hacerlo, debía hacer lo que el extraño le pedía. ¿Qué otra cosa podía hacer? Los hombres que la habían acorralado en la plaza eran muchos y, si la atrapaban, podría no poder escapar por segunda vez.

Aunque no sabía qué querían. Se había alejado del hotel buscando a su hermana y en la plaza se encontró con un grupo de hombres borrachos que no parecían dispuestos a ayudarla. O, al menos, sin que tuviera que pagar un precio.

Paige tembló al pensar en el gigante rubio con manos como palas que, con un fuerte acento ruso, había dicho que la ayudaría si le daba un beso.

Cuando la agarró, riendo, Paige le dio una patada en

la entrepierna que le hizo caer al suelo y mientras los demás lo ayudaban a levantarse había salido corriendo...

Para encontrarse con aquel hombre.

Por qué creía que el extraño iba a ayudarla, no estaba segura. Pero sabía que era el menor de los dos males. El simple contacto de sus cuerpos, a pesar de las capas de ropa, hacía que su corazón se volviera loco, no sabía muy bien por qué.

Quería saber quién era, por qué estaba ayudándola, pero no había tiempo para preguntar. Los ojos grises del extraño la urgieron a obedecer cuando el golpeteo de las botas sobre el empedrado de la plaza empezó a sonar más cerca.

Paige cerró los ojos y puso los labios sobre los del extraño. Pero decidió en el último momento que mantendría la boca cerrada. No había razón para besarlo de verdad; que fingieran besarse sería suficiente para engañar a sus perseguidores.

Pero cuando la lengua del extraño se deslizó entre sus labios, Paige dejó escapar un gemido de sorpresa. La besaba con tal sabiduría, con tal ardor, que se le doblaron las piernas y habría caído al suelo si no estuviera sujetándola.

Sabía a coñac y a menta, tan masculino y tan fuerte que una extraña languidez se apoderó de sus sentidos. No era Chad, no era el hombre con el que llevaba dos años fantaseando, pero quería perderse en su abrazo, quería saber si habría magia si estuvieran solos y desnudos...

Salvo que ella no tenía la menor idea de cómo hacer magia con un hombre. En los últimos ocho años había tenido exactamente una experiencia sexual... y no había sido precisamente memorable. Convertirse en madre de su hermana pequeña cuando tenía dieciocho años y trabajar para pagarse los estudios mientras intentaba llevar la casa no dejaba mucho tiempo para salir con chicos.

Pero ni uno de los besos que le habían dado en su vida se parecía a aquel. Aquel beso era increíble, le removía algo por dentro. Como si hubiera fuegos artificiales en su interior.

¿Cómo podía sentir eso mientras besaba a un completo extraño?

No era ella misma, ésa era la única explicación. Ya no era una aburrida secretaria trabajando para un hombre que nunca podría ser suyo, ya no era la responsable hermana mayor que se encargaba de todo. Era una mujer ardiente, sensual, y completamente a cargo de su destino. Estaba viviendo una vida de intrigas internacionales y peligro, una vida emocionante llena de pasión y de hombres asombrosos que hablaban su idioma con acento ruso y besaban como si les fuese la vida en ello...

Las voces se acercaron más entonces, devolviéndola a la realidad. Y cuando oyó un silbido se le encogió el estómago.

–No te asustes –le dijo el extraño al oído–. Pronto se marcharán.

Paige tembló, aunque no de miedo, mientras la besaba en el cuello.

–¿Cómo te llamas?

Esa pregunta la sorprendió. Estaba apretado contra ella íntimamente, besándola como si lo hubiera hecho toda su vida, su erección rozando uno de sus muslos, y no conocía su nombre. Si la situación no fuera tan peligrosa, habría soltado una carcajada.

–Tu nombre...

–Paige –dijo por fin, antes de que él volviera a buscar sus labios.

Los hombres se acercaron y cuando uno de ellos dijo algo en ruso, Paige sintió que el extraño se ponía tenso.

–Gime –musitó, sobre sus labios.

Su acento hacía que la palabra sonara más sexy que nada que hubiese oído en toda su vida.

Pero Paige se daba cuenta de que estaban en peligro. Y que él lo supiera hacía que el peligro le pareciese más real. Eran muchos contra dos. Si esos hombres descubrían que era la chica que había golpeado a uno de ellos en la entrepierna, el extraño no podría hacer nada.

Nerviosa, enterró la cara en su cuello y dejó escapar un gemido. Pero sonaba irreal, poco convincente.

–Más alto –dijo él, empujando las caderas hacia ella.

Al notar el roce de su erección, Paige dejó escapar un gemido y esta vez era muy real. El extraño volvió a buscar su boca y Paige enredó los dedos en su pelo, apretándose contra él.

Estaba haciéndola sentir algo que no había sentido nunca. Estaban vestidos, en medio de la calle, en peligro, y Paige estaba a punto de llegar al clímax.

Ni siquiera estaba desnuda, no se conocían de nada y sin embargo...

Cuando él puso una mano sobre sus pechos, acariciando un pezón con el pulgar, Paige gimió de nuevo y esta vez no tuvo que fingir.

Se sentía perversa. Estaba ardiendo y totalmente desesperada por llegar al final.

No podía ser y sin embargo...

El extraño se apartó un poco, sin soltarla. No parecía afectado por lo que había pasado, mientras ella estaba ardiendo de deseo y frustrada al mismo tiempo.

–Se han ido –dijo, soltándola.

Paige sintió frío de repente y tuvo que abrazarse a

sí misma. Le castañeteaban los dientes, pero no parecía capaz de controlarlo.

–Gracias –murmuró por fin, extrañamente decepcionada al no haber podido llegar al orgasmo. Aunque su cuerpo seguía temblando por efecto de la adrenalina.

–*Ne ze chto*. Debemos irnos.

Paige parpadeó, mirándolo de cerca por primera vez... y se quedó perpleja. Era un hombre guapísimo. Como un actor de Hollywood, como un modelo... no, nada de eso podía describir a aquel hombre.

Había estado tan asustada antes, y luego tan excitada, que apenas había tenido tiempo de fijarse en los detalles.

Llevaba un abrigo de piel y tenía el pelo oscuro y la nariz y los pómulos que los artistas llevaban siglos pintando y esculpiendo en mármol. Sus labios eran generosos, sensuales, su mandíbula cuadrada.

Y acababa de decir que tenían que irse. Juntos.

Paige dio un paso atrás, desconcertada y recelosa. Ya había cometido demasiados errores esa noche. Había salido sola del hotel, cuando le habían advertido que no lo hiciera, y había estado a punto de ser asaltada por un grupo de borrachos. No iba a irse con aquel hombre, aunque estuviese en deuda con él por ayudarla.

–Agradezco su ayuda, pero si cree que voy a irme con usted a algún sitio para terminar lo que hemos empezado...

–Veo que tienes una gran opinión de ti misma, Paige –la interrumpió él, burlón–. Y vendrás conmigo si no quieres que vuelva a repetirse la escena. Esos hombres podrían volver en cinco minutos, cuando vean que no te has metido en el metro ni en ninguna de las discotecas de por aquí.

–Volveré a mi hotel. Creo que está al final de esa calle...

–No es seguro.

–Mi jefe está allí, él podrá ayudarme...

–No, es más seguro que vengas conmigo.

Paige apretó los labios, furiosa. ¿Quién creía que era para decirle lo que tenía que hacer? ¿Y qué quería decir con eso de que no era seguro? ¡Tenía que ser más seguro que irse con él!

–Le agradezco su ayuda, de verdad, pero mi hermana ha desaparecido y creo que Chad es el único que puede ayudarme...

El extraño dio un paso adelante.

–¿Chad? ¿Chad Russell es tu jefe?

Paige lo miró, perpleja.

–¿Conoce a Chad?

–Claro que conozco a Chad Russell, *maya krasavitsa*. Y sé que lo mejor es que vengas conmigo si quieres salir viva de aquí.

Paige sintió un escalofrío. Algo en su tono le hacía desear salir corriendo.

–No sé si es buena idea –insistió.

El extraño se encogió de hombros.

–Es tu vida, haz lo que quieras.

–Pero ¿por qué dice que no es seguro?

Él hizo una mueca.

–Las calles no son seguras por la noche, como tú misma acabas de descubrir. Ocurre lo mismo en todas las grandes ciudades del mundo.

Lo que decía era cierto. ¿Saldría sola de noche por las calles de Dallas o Nueva York? No, definitivamente no.

–Puedo pagarle para que me acompañe al hotel.

La carcajada del extraño fue totalmente inesperada

y Paige sintió que le ardía la cara. Qué noche tan extraña, pensó.

–Ven conmigo o vete sola, haz lo que quieras.

Luego, sencillamente, se dio la vuelta y empezó a caminar en la dirección en la que se habían ido los hombres.

Paige se mordió los labios, temblando y preguntándose qué demonios debía hacer.

Tal vez podría llegar sola al hotel... suponiendo que no se perdiera. No estaba lejos de allí, a lo largo del río Moscova, pero era un paseo oscuro y solitario.

Iría corriendo. Podía llegar en diez minutos si se daba prisa y tal vez Emma ya habría vuelto al hotel. Y si no, Chad estaría allí para ayudarla.

Le llegó entonces el sonido de voces masculinas hablando en ruso. Hablaban en voz muy alta, riendo. No sabía si eran los mismos hombres pero... ¿podía arriesgarse?

¿Qué estaba haciendo allí?, se preguntó, mirando alrededor. ¿Por qué había pensado que podía hacer aquello sola? No hablaba ruso y a veces no podía entender a la gente aunque hablaran su idioma. Paige miró entonces al hombre que se alejaba. A él sí lo entendía.

Pero era un extraño. ¿Cómo iba a ir a ningún sitio con un hombre al que no conocía de nada?

Las voces se acercaban cada vez más. Entre encontrarse con esos borrachos o ir con el hombre que la había ayudado, Paige decidió que no tenía alternativa.

Y empezó a correr.

Capítulo 2

ALEXEI sirvió whisky en un vaso y se lo ofreció a la joven, que estaba sentada con expresión triste en el sofá. El paseo por las frías calles de Moscú la había dejado helada pero un trago de whisky la haría entrar en calor. Y entonces descubriría qué estaba haciendo en la Plaza Roja a la misma hora en la que él debía encontrarse con su informador. Considerando que era empleada de Chad Russell, le parecía una extraordinaria coincidencia.

Y él no creía en las coincidencias. El trabajo duro y los sacrificios lo habían llevado donde estaba en aquel momento, no creer en místicas ocurrencias. Si hubiera dejado su vida en manos de la suerte y las circunstancias, probablemente estaría muerto, como el resto de su familia.

Ella aceptó el vaso sin mirarlo y después de tomar un largo trago empezó a toser.

–¡Sabe horrible!

Alexei tomó un sorbo de su whisky, disfrutando del sabor a barrica de roble y caramelo. El whisky de malta de cincuenta años era perfecto. Y también lo era la interpretación de la chica. Definitivamente, sabía hacerse la inocente, pensó, haciendo una mueca de desdén.

Como su padre antes que él, Chad Russell siempre había creído que podía arruinar Prospecciones Voronov si ofrecía dinero a la gente adecuada. Pero aún no había tenido éxito, ni lo tendría.

Alexei moriría antes de perder el siguiente asalto en su épica batalla. Quien lograse convencer a Pyotr Valishnikov para que le vendiera sus acciones en el Báltico y Siberia obtendría una enorme recompensa, dejando a la otra compañía mordiendo el polvo. Aquel trato era la culminación de todo aquello por lo que Alexei había trabajado tanto. Con una simple firma, Valishnikov podía darle el poder para, por fin, aplastar a Russell de una vez por todas.

Y entonces Katerina habría sido vengada. Eso era lo único que importaba.

Alexei estudió a la mujer que estaba en su sofá.

¿Estaba allí para conseguir información sobre sus planes? De ser así, iba a llevarse una desilusión. Pero si estaba intentando distraerlo para que bajase la guardia... no, en realidad tampoco parecía poner mucho empeño en hacer eso.

Era preciosa, pero de una forma natural. Él había conocido a muchas mujeres guapas en su vida, pero aquella no parecía consciente de su belleza. Ni una sola vez se había tocado el pelo, ni le había pedido un espejo. Y no llevaba una gota de maquillaje.

Mientras la miraba, ella metió la mano en el bolsillo de su abrigo y sacó un par de gafas.

–Veo bien, pero me duele la cabeza si estoy mucho tiempo sin ellas –murmuró, mirando el vaso que tenía en la mano–. Se llenaron de vaho cuando salí a la calle y se me olvidó volver a ponérmelas.

–¿Qué hacías en la Plaza Roja?

Paige lo miró con los ojos húmedos y, una vez más, Alexei sintió la extraña punzada en el corazón que había sentido antes, cuando respiró su aroma. Su hermana tenía los ojos oscuros, como los de ella. Unos ojos llenos de secretos, de los que no podía escapar por mucho éxito que tuviera o por mucho que intentase dejar el pasado atrás.

–Ni siquiera sé su nombre –dijo ella entonces.

–Alexei –se presentó él, aunque estaba seguro de que sabía quién era.

Tal vez debería haber aceptado su oferta y haber vuelto con ella al hotel. Pero ¿qué habría hecho Paige si hubiera dicho que sí? Eso le habría provocado una gran consternación, estaba seguro. Lo que no entendía era que ella misma le hubiera contado que trabajaba para Chad Russell.

–Alexei –repitió ella.

–Eso es. Y ahora, cuéntame qué le ha pasado a tu hermana.

Jugaría a su juego. Por el momento.

La chica tomó otro sorbo de whisky y volvió a toser. Si estaba actuando, era una buena actriz.

–Emma tiene veintiún años, los cumplió ayer. No se parece nada a mí... es alta, rubia, y le gusta divertirse. Esta tarde, mientras yo trabajaba con Chad preparando la reunión de mañana, Emma fue a hacer una visita guiada por Moscú. Alrededor de las ocho me envió un mensaje de texto diciendo que estaría en el bar del hotel un rato y, aunque no estaba en nuestra habitación cuando volví, no se me ocurrió pensar que hubiera pasado algo... hasta que dieron las doce y no había aparecido. La llamé al móvil varias veces pero no contestaba, por eso salí a buscarla.

La punzada de rabia que sintió al pensar en aquella chica con Russell lo sorprendió. Porque dudaba mucho que sólo hubiera estado trabajando con su jefe. ¿Una mujer tan guapa con un hombre como Chad Russell?

Apostaría lo que fuera a que habían hecho algo más que trabajar.

Ella dejó el vaso sobre la mesa y se levantó. Pero debió hacerlo demasiado rápido porque, de repente, se puso pálida y tuvo que volver a sentarse.

–No suelo beber alcohol –empezó a decir, más para sí misma que para Alexei–. Y tengo que encontrar a mi hermana...

–Yo la encontraré –la interrumpió él–. ¿La has buscado en el bar del hotel?

–Claro que sí. Pregunté a todo el mundo si la habían visto, pero nadie sabía nada.

–¿Y entonces decidiste ir a buscarla a la Plaza Roja?

–Fue una tontería, ya lo sé. Pero pensé que no podía haber ido muy lejos. Alguien me dijo que había un bar muy conocido cerca del hotel y fui a buscarla allí. Pero no estaba y, al final, me encontré en la plaza. Y fue entonces cuando esos hombres aparecieron...

–¿Dónde está tu móvil?

Paige buscó en los bolsillos del abrigo, pero no lo encontró.

–Se me debió caer cuando ese hombre me agarró.

Alexei sacó su móvil del bolsillo.

–Dime el número de tu hermana.

Paige se lo dio y cuando empezó a dar la señal de llamada, Alexei lo puso en su oreja. Ella arrugó el ceño mientras esperaba... pero un minuto después sacudió la cabeza.

–No contesta.

Alexei marcó otro número y, después de dar instrucciones a su personal de seguridad, volvió a guardar el móvil en el bolsillo.

–¿Por qué no me das tu abrigo? Voy a encender la chimenea.

–Debería marcharme –dijo ella, mordiéndose los labios.

Alexei apartó la mirada para no ver esos labios tan tentadores. En la plaza había tenido que hacer un esfuerzo sobrehumano para apartarse cuando lo único que deseaba era seguir besándola... y hacer mucho más que eso. Le gustaría saber si el fuego de ese beso se trasladaría al dormitorio.

Algo curioso, cuando aquella chica no era su tipo de mujer. A él le gustaban las mujeres sofisticadas, femeninas, que llevaban la seguridad en sí mismas como una segunda piel. Paige no era sofisticada ni parecía segura de sí misma, aunque era definitivamente femenina. Auténtica sería la palabra, aunque ése podía no ser el caso si trabajaba para Chad Russell. Sencillamente, era una buena actriz.

–Es más seguro que te quedes aquí. En caso de que esos hombres sigan buscándote.

–¿Por qué iban a seguir buscándome? No me conocen...

–Tu teléfono.

–Ah, no se me había ocurrido. Pero no creo que me busquen para devolverme el teléfono y, además, tengo que encontrar a mi hermana.

–Yo encontraré a tu hermana, te lo prometo –dijo él, impaciente.

Paige parpadeó de nuevo, sus adorables ojos escondidos tras los cristales de las gafas.

–¿De verdad puedes encontrarla?

–Estás en Rusia, *maya krasavitsa*, y yo soy ruso. Te garantizo que la encontraré antes de que lo haga tu Chad.

Ella lo miró con un brillo de esperanza en los ojos y eso le hizo pensar, por un momento, que tal vez estaba equivocado sobre sus motivos.

«Eso es exactamente lo que quiere que pienses».

Alexei sacudió la cabeza para apartar tal pensamiento, pero no antes de imaginar otros ojos mirándolo con un brillo de esperanza...

«Katerina, lo siento».

Una mano fría sobre la suya lo devolvió al presente. No le importaba el frío, era el roce de su piel lo que le sorprendió. Y también debía haberla sorprendido a ella porque apartó la mano enseguida.

–Gracias, Alexei –le dijo, con esa voz ronca que le recordaba a una estrella de cine de los años cuarenta–. Has sido muy amable conmigo. No sé qué habría pasado si tú no hubieras estado allí.

Si todo aquello no era una trampa, Alexei sabía perfectamente lo que podría haber pasado y no era bonito.

–No debes salir sola por las noches en una ciudad cuyo idioma no hablas y donde no conoces a nadie.

–Sí, tienes razón –Paige se apoyó en el respaldo del sofá y cerró los ojos... y como no volvió a abrirlos Alexei empezó a preocuparse. Pero entonces, de repente, escuchó un suave ronquido.

Sonriendo, decidió apagar las luces y dejarla allí. Si había ido para espiar, despertaría enseguida. Lo único que tenía que hacer era esperar.

Paige estaba calentita y cómoda. Notó algo suave en el cuello y sonrió, suspirando mientras se tapaba con el edredón. La cama del hotel era muy cómoda pero aquella noche le parecía diferente a la noche anterior, más firme.

¿Y por qué llevaba la ropa puesta?

Allí había algo raro. Paige abrió los ojos y, un segundo después, se levantó de un salto mirando alrededor... nada de aquello le parecía familiar.

¿Dónde estaba?

Era un salón lujosamente amueblado. El sofá en el que se había quedado dormida estaba tapizado en brocado de seda y lo que había creído un edredón era en realidad una manta de piel. Frente a ella había una chimenea encendida, el crepitar de los leños era el único sonido...

Entonces recordó su encuentro con Alexei.

Paige se envolvió en la manta de piel y siguió mirando alrededor. No llevaba reloj y había perdido el móvil en la plaza, de modo que no sabía qué hora era o si Emma habría vuelto al hotel.

¿Cómo había podido quedarse dormida cuando estaba tan preocupada?

–¿Alexei?

Se adentró en un pasillo, mirando a un lado y a otro. Debía ser tarde, pero no podía volver al sofá y esperar hasta que amaneciese. Tenía que saber si Alexei había encontrado a su hermana.

Pensar en el enigmático Alexei la hizo sentir un calor extraño por dentro. Había sentido recelos cuando le pidió que fuera con él, pero cuando llegaron a su apartamento se dio cuenta de que, además de guapo, era un hombre rico. El apartamento estaba en un edificio barroco que había aguantado el paso del tiempo, varias guerras y hasta una revolución. Estaba amueblado con antigüedades, hermosos cuadros y alfombras persas.

Y Alexei conocía a Chad, aunque aún no sabía de qué.

Pero se relajó un poco al llegar allí. No parecía el tipo de hombre que llevaba a ingenuas estadounidenses a su apartamento con propósitos malvados. Sin duda, las mujeres caían rendidas en los brazos de un hombre tan guapo. Si además era rico, no creía que tuviese el menor problema para hacer conquistas.

No, Alexei no necesitaba llevarla allí para aprovecharse de ella. La había besado para engañar a los borrachos que la perseguían, no porque se sintiese atraído por ella.

Paige levantó la barbilla. Tampoco ella se sentía atraída por él. Era un hombre muy guapo, de eso no había duda, pero no era Chad. Chad era alto, rubio, texano, todo lo que había soñado cuando era una cría en Atkinsville, Texas.

Que Chad la invitase a comer y que la hubiera elegido para acompañarlo en aquel viaje no significaba nada, pero una chica tenía derecho a soñar. Aunque solía salir con modelos de ropa interior y actrices o aspirantes a actrices, en aquel momento no salía con nadie. Lo sabía porque era ella quien se encargaba de enviar ramos de flores a la novia de turno y reservar mesa en los mejores restaurantes. Y llevaba un mes sin hacer ninguna de esas cosas.

Aunque eso no significaba nada porque Chad últimamente estaba concentrado en el contrato ruso. Eso era lo único que parecía importarle.

Había una luz encendida en una de las habitaciones y Paige empujó suavemente la puerta.

–¿Alexei?

No hubo respuesta, pero entró de todas formas para comprobar que no había nadie. Era un estudio con estanterías llenas de libros que llegaban hasta el techo, un escritorio de caoba y armarios archivadores. Sobre el escritorio había un ordenador y una impresora y frente a una de las paredes un sofá italiano de piel y un par de sillones.

Pero allí no había nadie, de modo que se dio la vuelta para salir... y tuvo que contener un grito al encontrarse con Alexei.

–¿Buscabas algo?

Paige se llevó una mano al corazón.

–Me has asustado.

–Aparentemente –dijo él, muy serio.

–Estaba buscándote.

Alexei arqueó una ceja.

–¿En serio? ¿Por qué?

Paige tragó saliva. Descalzo y despeinado, llevaba unos vaqueros y una camisa sin abrochar, como si se la hubiera puesto a toda prisa. Y ella tuvo que hacer un esfuerzo para concentrarse en su cara y no en su torso desnudo.

–Siento haberte despertado, pero no sé qué hora es. Si Emma ha vuelto al hotel estará preocupada por mí, así que debería irme...

–Tu hermana no está en la habitación.

Paige lo miró, con el corazón encogido.

–¿Y dónde está entonces?

–Está bien. No debes preocuparte.

Ella cerró los ojos, apoyándose en el respaldo de una silla, como si las piernas no la sostuvieran.

–Gracias a Dios.

Alexei abrió un armario y volvió un segundo después con un vaso en la mano.

–No, no quiero más whisky.

–Es agua.

Paige tomó el vaso, agradeciéndolo porque tenía la boca seca. Estaba un poco mareada y el corazón le latía como loco dentro del pecho. Le había prometido a su madre que cuidaría de Emma, que sólo tenía trece años cuando murió, y había hecho lo que había podido. Si era un poco irresponsable era culpa suya, por haberle dado todos los caprichos.

Había intentado compensar la falta de sus padres pero, aparentemente, no lo había hecho muy bien.

–¿Dónde está?

–Está con Chad Russell, como tú muy bien sabes –respondió Alexei.

–Menos mal –Paige suspiró, aliviada.

Pero ¿por qué pensaba que ella sabía dónde estaba Emma?

Antes de que pudiese preguntar, Alexei le clavó su mirada plateada.

–¿Por qué estás aquí?

Paige parpadeó, sorprendida.

–Estaba buscándote...

–No, quiero decir en mi casa.

–Porque tú me dijiste que viniera –respondió ella, cada vez más sorprendida.

–Sí, pero ¿por qué has venido? ¿Qué esperabas encontrar aquí? ¿Tan desesperado está Russell que tiene que enviar a su secretaria a espiarme?

–¿Espiarte? –repitió Paige, enfadada–. ¿Por qué iba a espiarte? ¡Ni siquiera te conozco!

En realidad estaba asustada, pero intentaba mostrarse valiente. Había aprendido muy temprano en su vida a hacerse la fuerte cuando era necesario. O, como su madre solía decir, «no dejes que te vean sudar». Y eso era lo que había hecho cuando los servicios sociales iban a su casa para comprobar si era capaz de cuidar de su hermana o si Emma debía ir a una casa de acogida.

–Deja de fingir que no sabes quién soy –dijo Alexei entonces.

Paige lo miró, perpleja.

–Eres Alexei, un hombre al que conocí en la Plaza

Roja y que me ayudó cuando me perseguían unos borrachos. Evidentemente, conoces a Chad Russell, aunque aún no sé de qué. Pero no sé nada más.

De hecho, la asustaba un poco no saber nada sobre un hombre que parecía saber tanto sobre ella.

Alexei la tomó por la cintura con una mano mientras con la otra le acariciaba la cara.

–Eres una mujer fascinante, Paige. Es lógico que Russell te haya elegido a ti para esta tarea. ¿O te prestaste voluntaria?

La manta cayó al suelo cuando Paige levantó las manos para ponerlas sobre su torso con intención de empujarlo. Su torso desnudo.

Su piel era caliente, satinada y le gustaría acariciarlo.

¿Cómo podía encontrarlo sexy en un momento como aquel?

–Suéltame –le ordenó.

–¿Antes de hacer lo que has venido a hacer?

–Yo no he venido a hacer nada.

–¿Qué te ha ofrecido Russell?

–No sé de qué estás hablando.

–¿Tenías que seducirme? ¿Dejarme saciado y exhausto en la cama mientras tú revisabas mi estudio? Porque debo decir que, aunque me han decepcionado tus técnicas de espionaje, estoy dispuesto a dejar que termines con tu misión.

Paige sabía que debía apartarse cuando sus labios se rozaron, pero era físicamente imposible. No porque él la estuviera sujetando sino porque sentía un cosquilleo interior que lo hacía imposible.

Olía tan bien, a noche de invierno, a hombre. Y querría quitarle la camisa para saber si su piel sabía tan bien como imaginaba.

Alexei enredó los dedos en su pelo, echando su cabeza hacia atrás para besar su cuello y Paige cerró los ojos. Pero cuando los abrió... se encontró frente a la escena más erótica que había visto nunca. Un espejo al otro lado del estudio le devolvía su reflejo y era como la escena de una película. Un hombre guapísimo abrazaba a una mujer que tenía el pelo suelto sobre los hombros y los ojos brillantes de pasión mientras él la besaba apasionadamente.

Era exótico y precioso.

Pero ella no debía ser la protagonista de esa escena. No conocía de nada a aquel hombre. ¡Y Alexei pensaba que Chad la había enviado allí para seducirlo!

Paige lo empujó.

–Por favor, para.

Asombrosamente, él obedeció. Era más alto que Chad, sus hombros eran más anchos y su proximidad le hacía sentir un cosquilleo extraño...

«Deja de pensar en ello».

Paige cerró los ojos y dio un paso atrás. Su ropa estaba intacta pero sentía como si la hubiera desnudado, como si conociera todos sus secretos.

Una sensación ridícula por completo. Podía saber su nombre y que era la secretaria de Chad Russell, pero no la conocía de nada.

–Quiero volver al hotel –le dijo, con toda la dignidad de la que era capaz–. Chad tiene una reunión importante mañana a primera hora y yo debo acompañarlo. Además, Emma estará preguntándose dónde me he metido.

Alexei se pasó una mano por el pelo... negro, no castaño, pensó.

–No irás a ningún sitio esta noche.

–Quiero ver a mi hermana –insistió ella–. Y tú no tienes derecho a retenerme aquí.

–Tu hermana está ocupada y no creo que quiera que la molesten en este momento. Aunque tal vez compartes a tu amante con ella...

Paige lo miró, sin entender.

–¿Mi amante?

–No vas a dejar de fingir, ¿verdad?

Y entonces entendió a qué se refería.

¿Emma y Chad? Se habían visto un par de veces en la oficina, pero Chad nunca había mostrado el menor interés por su hermana.

¿O sí?

Recordó entonces las risitas de Emma, la sonrisa de Chad, el comentario de su hermana esa noche diciendo que Chad debía ser estupendo en la cama. Paige pensaba lo mismo, pero nunca lo había dicho en voz alta y, además, estaba segura de que jamás lo descubriría.

Acababa de saber que Emma sí lo había descubierto.

El propio Chad había sugerido que llevase a Emma a Moscú cuando expresó su desilusión porque no estaría con su hermana en su veintiún cumpleaños. Ella pensó que Chad estaba siendo amable y al principio rechazó la invitación... hasta que él insistió.

Paige puso una mano sobre la estantería para controlar su furia. Furia, desilusión, la sensación de haber sido traicionada... esas emociones eran como un huracán. Había creído que Chad estaba interesado en ella cuando en quien estaba interesado era en Emma.

¿Cómo podía haber estado tan ciega?

Chad y Emma. Su jefe y su hermana. Haciendo el amor mientras ella recorría las heladas calles de Moscú, muerta de miedo. Haciendo el amor mientras ella había estado a punto de ser agredida por un grupo de borrachos.

Su hermana haciendo el amor con el hombre del que ella estaba enamorada.

Sus ojos se llenaron de lágrimas, pero no iba a llorar delante de Alexei.

–Paige... –dijo él, tocándole el brazo.

Pero ella se apartó de un tirón.

–Déjame en paz.

–Te pido disculpas si la noticia te ha hecho daño...

Paige lo fulminó con la mirada.

–A ti te da igual, así que ahórrate las mentiras. Además, ¿como sé que estás diciendo la verdad? ¿Cómo puedes saber tú que mi hermana está en la habitación de Chad?

¿Y si se lo hubiera inventado todo?, se preguntó entonces. Aunque no entendía para qué iba a hacer eso.

–Mi jefe de seguridad solía trabajar para la policía secreta, de modo que lo sabe todo –dijo Alexei–. Yuri conoce a todo el mundo y sabe cómo hacer las cosas. Pero puedo demostrarte que tu hermana está en la habitación de Chad Russell porque mis hombres han puesto un micrófono oculto en la habitación...

–Déjalo –lo interrumpió ella, temblando de rabia y de pena. La intuición le decía que estaba diciendo la verdad, pero lo último que deseaba era escuchar a su hermana y Chad cuchicheando en la cama o algo peor.

Antes de que se diera cuenta, Alexei la envolvió en sus brazos, empujando suavemente la cabeza contra su torso. Paige estaba a punto de apartarse pero cuando empezó a acariciarle la espalda decidió quedarse donde estaba.

Había pasado mucho tiempo desde la última vez que alguien la había consolado. Era ella quien siempre consolaba a los demás, quien lo había sacrificado todo para criar a su hermana pequeña, sin quejarse nunca cuando Emma se llevaba la mejor parte. Paige estaba orgullosa de que su trabajo hubiese permitido a Emma tener una vida normal, que pudiera haber sido animadora en el instituto o la reina del baile de fin de curso, una chica joven y guapa con un gran futuro por delante.

Pero ¿debía Emma tenerlo todo?

Paige sintió una punzada de remordimiento por pensar eso. ¿Quién era ella para negarle nada a su hermana? Ella era casi una adulta cuando su madre murió, de modo que era Emma quien había crecido sin el cariño materno. Hizo lo que pudo, pero una hermana no era lo mismo que una madre, por mucho que lo intentase.

Una lágrima rodó por su mejilla y luego otra, hasta que por fin, el primer sollozo escapó de su garganta. Después de eso, le resultó fácil llorar. Había contenido las lágrimas durante tanto tiempo...

No había llorado desde el funeral de su madre porque creía que las lágrimas eran un signo de debilidad, pero en aquel momento necesitaba desahogarse.

Alexei no dejaba de acariciar su espalda, sin apartarse, sin hacer un solo movimiento. Y, egoístamente, se agarró a él y lloró por todos los años que había perdido.

Y, mientras lloraba, tomó una decisión. A partir de aquel momento, no dejaría a un lado su propia felicidad para preocuparse por la de otros. Cuando quisiera algo iría a buscarlo, no se lo negaría a sí misma. Estaba harta de hacer eso.

Era un nuevo principio para Paige Barnes y sabía cómo demostrarlo.

Capítulo 3

ALEXEI notó el cambio en ella. Un minuto antes estaba llorando desconsoladamente, al siguiente se había puesto de puntillas para devolverle el beso.

Y era una tentación. Más que eso. Alexei dejó que lo besara, luchando contra su propia reacción. Sabía a la sal de sus lágrimas y a tristeza y, no sabía por qué, quería ayudarla.

Era su mayor defecto, aquel deseo de proteger y consolar a quienes lo necesitaban. Había pasado años luchando por su familia, años que habían sido una carga...

Pero no había nada que pudiera hacer por aquella chica. Aunque sería muy fácil aceptar lo que le ofrecía, tan fácil tomarla entre sus brazos y llevarla a su dormitorio, no iba a hacerlo.

No estaba besándolo porque lo desease. Estaba haciéndolo para demostrarse algo a sí misma. Y a Alexei no le apetecía ser el objeto en el que descargara su rabia y su desilusión.

Su reacción ante la noticia de que su hermana y Russell eran amantes no había sido la que él esperaba. La había creído una mujer fría y calculadora realizando una misión para su amante. No se había parado a pensar que tal vez estaba preocupada de verdad o que no sabía que su hermana no estaba perdida sino en la habitación de Chad Russell.

No le gustaba lo que le habían hecho sentir sus lágrimas, pero la desesperación de aquel beso lo había conmovido.

Porque le recordaba cosas que quería olvidar. Recuerdos de una mujer pálida y triste en la cama de un hospital, los labios resecos y una solitaria lágrima deslizándose por su mejilla mientras susurraba que lo quería mucho...

La última persona que lo había amado en este mundo había muerto y él no había podido salvarla porque, aunque era un príncipe, entonces estaba arruinado y no había podido pagar el mejor tratamiento para la leucemia. Tras la muerte de Katerina, había jurado por su memoria que no volvería a ser pobre el resto de su vida. Y que se vengaría del hombre que se lo había robado todo antes de volver a Estados Unidos con la escritura de las tierras que su madre había malvendido y el petróleo que había en ellas.

Tim Russell los había dejado en la ruina y, aunque para ayudar a Katerina sólo necesitaría una minúscula fracción de la fortuna que había amasado con sus tierras, se había negado a ayudarlo.

Alexei había reunido dinero para viajar a Dallas y suplicarle por la vida de su hermana, pero se había encontrado con un frío desdén por parte de Tim Russell. Aún se recordaba a sí mismo en la oficina, en uno de los rascacielos de la ciudad, atónito y enfermo al ver tanta ostentación. Él había querido esa vida para su familia y lo ponía enfermo pensar que la habrían tenido si aquel hombre no se la hubiera robado.

Una vez que Katerina murió, Alexei creó Prospecciones Voronov gracias a su coraje y a su título de ingeniero por la universidad de Moscú. Anhelaba más que nada en el mundo recuperar todo lo que había perdido y destruir a Russell en el proceso.

Había tardado años, pero estaba en la cima del éxito y tenía la victoria sobre los Russell cada vez más cerca. Si pudiera dar marcha atrás en el tiempo y salvar la vida de su hermana, devolvería todo su dinero y abandonaría la idea de vengarse...

Pero no había marcha atrás. La vida seguía adelante por mucho dinero que uno tuviese. El dinero no había ayudado a Tim Russell cuando llegó su momento y no ayudaría a su hijo cuando Alexei por fin consiguiera el control de la empresa Russell.

Alexei apartó suavemente a Paige y, por un momento, pensó que iba a ponerse a llorar de nuevo. Pero no lo hizo; se abrazó a sí misma y lo miró con los ojos llenos de dolor.

Era imposible no sentir compasión por ella. Esas lágrimas habían sido reales, fuera cual fuera la razón por la que estaba allí.

Y tal vez, sólo tal vez, podría utilizar su furia contra Russell a su favor. Era su secretaria y debía tener información sobre el negocio.

Una información que él podría utilizar.

–Estás dolida y triste, lo entiendo. Pero mañana lo lamentarías –le dijo, apartándole un mechón de pelo de la frente.

–Da igual.

Paige se encogió de hombros, como si no importara. Sin embargo, él sabía que importaba y mucho.

–Creo que deberías dormir. Mañana, todo te parecerá más sencillo.

¿Cuántas veces le había contado esa mentira a Katerina? Los dos sabían que lo era, pero necesitaban mentir para salir adelante.

–Tengo que estar de vuelta en el hotel a las ocho. Chad... mi jefe tiene una reunión muy importante.

–Lo sé.

–¿Por qué lo sabes?

Alexei sonrió. Era un riesgo, pero si no era sincero con ella, Paige no confiaría en él. Y quería su confianza ahora que Russell la había traicionado. Era vital para su nuevo plan.

–Porque va a reunirse conmigo.

Ella lo miró, con los ojos abiertos de par en par. Por primera vez desde que la conoció, de verdad creía que no sabía quién era y eso redobló su propósito. Destruiría la empresa Russell gracias a aquella mujer.

–¿Tú eres el señor Valishnikov?

–No, soy la otra V.

Paige se quedó boquiabierta.

–Dios mío... ¿tú eres el príncipe Voronov?

Estaba nevando mientras el Mercedes atravesaba la ciudad. Gruesos copos cubrían el pavimento, convirtiéndolo todo en un paisaje blanco. Paige miraba por la ventanilla del coche. Nunca había visto tanta nieve... ¡y en el mes de abril!

En Dallas hacía calor en esa época del año y en Atkinsville, en la costa del golfo, donde había crecido, siempre hacía buen tiempo.

Quería volverse hacia el hombre que iba con ella para darle las gracias por llevarla al hotel tan temprano, cuando la reunión no tendría lugar hasta dos horas más tarde, pero no podía mirarlo.

Alexei Voronov. Un príncipe. Había besado a un príncipe. Había intentado seducirlo al descubrir que su hermana se acostaba con Chad Russell... y él la había rechazado.

Bueno, claro, era lógico. No sólo era un príncipe ruso, también era un hombre guapísimo y multimillonario. No era la clase de hombre que se interesaría por una chica como ella.

Paige se puso colorada al recordar cómo lo había besado en la Plaza Roja, cómo se había apretado contra él, cómo la deliciosa presión de su cuerpo había estado a punto de provocarle un orgasmo.

Un juego, pensó. Algo que habían hecho para salvarse de esos borrachos violentos.

Pero el hombre que la había rescatado no era sólo un príncipe. Era el príncipe Voronov y Chad lo odiaba a muerte. Según Chad, el príncipe estaba decidido a absorber la empresa Russell y podría hacerlo si compraba las tierras de Valishnikov.

Si lo conseguía, la empresa Russell dejaría de existir.

Se perderían puestos de trabajo... gente como ella misma se quedaría sin empleo. Podría encontrar otro trabajo, pero con los problemas económicos que atravesaba el país, ¿cuánto tiempo tardaría en hacerlo? ¿Y cómo pagaría el alquiler, la luz, el gas, el teléfono hasta entonces?

Y algo mucho peor, ¿encontraría trabajo a tiempo para pagar la universidad de Emma?

La noche anterior había tenido tiempo para pensar, mientras daba vueltas y vueltas en la cama de la habitación de invitados a la que Alexei la había llevado, y se dio cuenta de que, aunque estaba dolida, no todo era culpa de Emma.

Ella nunca le había contado que estaba enamorada de Chad y no era justo enfadarse con su hermana.

Emma no podía evitar ser una chica alegre y llena de vida; era lógico que Chad se hubiera sentido atraído por ella.

–Estás muy callada.

Paige volvió la cabeza para mirarlo. ¿Vería compasión en sus ojos?, se preguntó. Le gustaría que hubiese olvidado que se había echado en sus brazos cuando le contó que Chad y Emma estaban juntos en su habitación del hotel. Le gustaría desaparecer, hacerse invisible, pero como eso no iba a pasar, se obligó a sí misma a poner buena cara.

–Estaba pensando... en Dallas no nieva en el mes de abril.

La sonrisa de Alexei le aceleró el corazón.

–Ah, claro, vives en un clima tropical.

–No, no es un clima tropical.

–Comparado con Moscú, sí –bromeó él.

Paige tragó saliva. Era tan guapo, tan agradable a la vista... ¿qué habría pasado si no se hubiera apartado?, se preguntó.

–Sí, eso es verdad.

–Deberías ver mi casa en San Petersburgo –siguió él–. Es una vieja finca que tiene cientos de años. La nieve es inmaculada, tan blanca que te ciega. Hay lobos que aúllan durante la noche y las estrellas brillan tanto que no te lo puedes creer. Es un sitio perfecto para dar un paseo en *troika*.

Parecía la imagen de una película: una pareja envuelta en una manta de piel, atravesando un paisaje nevado en un trineo tirado por caballos. Tan romántico, aunque por supuesto Alexei no lo había dicho con esa intención.

–Debe ser preciosa.

–Tal vez puedas verla algún día.

El corazón de Paige se volvió loco. ¿Estaba flirteando con ella?

No, imposible. Aquel hombre debía salir con estrellas de cine y modelos, no con secretarias tan ingenuas y apocadas que sólo podían admirar a un hombre desde lejos.

–No veo cómo, aunque es muy amable por tu parte. Nos vamos dentro de unos días y san Petersburgo no está en nuestro itinerario.

–¿Piensas volver con tu amante después de lo que te ha hecho?

–Chad Russell es mi jefe, no mi amante –respondió Paige, sorprendida.

–¿Ah, sí?

–Sí.

Alexei tomó su mano para llevársela a los labios y ella se quedó tan sorprendida que no la apartó.

–Entonces, él se lo pierde. Pero para mí es estupendo.

–No sé por qué. Anoche tuviste una oportunidad y no la aprovechaste –dijo Paige.

¿Lo había dicho en voz alta?

La risa de Alexei fue totalmente inesperada.

–Cuando te haga mía, *maya krasavitsa*, no será mientras lloras por otro hombre.

Ella se puso colorada hasta la raíz del pelo.

–No estaba llorando por Chad.

Su expresión decía que no la creía y Paige volvió la cabeza para mirar por la ventanilla de nuevo. Maldito fuera por ser tan perceptivo, pensó.

Alexei no era nada para ella a pesar de la atracción que sentía por él y cuando la dejase en el hotel no volvería a verlo.

–Creo que tal vez estás enamorada de Chad Russell, aunque no sea tu amante. Y creo que estás amargamente decepcionada al saber que ha elegido a tu hermana y no a ti.

Paige se volvió de nuevo, sorprendida y furiosa.

–¡No sabes de qué estás hablando!

–No soy ciego.

¿Tan transparente era? ¿También lo sabría Chad?, se preguntó.

–Déjeme en paz, príncipe Voronov.

–Alexei, por favor –dijo él, irónico.

–Agradezco tu ayuda, pero eso no te da derecho a diseccionar mi vida para divertirte. Tú no sabes nada sobre mí, así que ahórrame las especulaciones.

El coche se detuvo pero Paige no podía apartar la mirada de aquel hombre. Sus ojos grises no eran fríos como esperaba sino cálidos, como si pudieran ver dentro de su corazón.

–Entonces te pido disculpas –dijo él, después de lo que le pareció una eternidad–. No quería hacerte daño.

La puerta se abrió y Paige se dio cuenta de que habían llegado al hotel. Pero le costaba trabajo apartarse.

La próxima vez que lo viera sería en una reunión de trabajo. Alexei no se fijaría en ella... y ella no quería que lo hiciese.

Si Chad supiera que había pasado la noche con el príncipe Voronov, aunque no hubiera habido nada entre ellos, se subiría por las paredes.

Y ella se quedaría sin trabajo.

–Gracias por tu ayuda –volvió a decir, intentando sonreír–. Bueno, supongo que tenemos que despedirnos.

–Ah, pero esto no es una despedida. Volveremos a vernos, Paige Barnes. Nos veremos a menudo, te lo prometo.

Paige bajó del coche y entró en el vestíbulo del hotel sin mirar atrás. Le ardía la cara a pesar del frío y tuvo que quitarse el abrigo cuando subió al ascensor.

¿Por qué Alexei Voronov la inquietaba tanto? Sí, se habían saltado un par de pasos durante ese encuentro nocturno en la Plaza Roja, pero un beso sólo era un beso, ¿no?

No, definitivamente no lo era. Pero eso no significaba que sus besos fueran extraordinarios. Y además, ¿cómo iba a saberlo ella? Desde luego, no tenía mucho en lo que basarse.

Paige sacó la tarjeta magnética y entró en la habitación que compartía con Emma, intentando disimular su angustia.

–¿Dónde has estado? Estaba preocupadísima por ti.

Paige cerró la puerta y se volvió para mirar a su hermana.

–Lo siento, cariño. No podía dormir y salí a dar un paseo –la mentira salió de su boca con total naturalidad, aunque ella no estaba acostumbrada a mentir. Pero eso era más fácil que contarle la verdad.

Y más seguro, ya que Emma era una charlatana. Sin darse cuenta, le contaría a todo el mundo que había pasado la noche con el presidente de Prospecciones Voronov y ése sería el final de Paige Barnes en la empresa Russell. Estaría en el próximo avión con destino a Dallas, sin referencias y sin trabajo.

Y ni siquiera quería pensar en las repercusiones para Emma y su romance con Chad.

Emma apartó su gloriosa melena rubia, haciendo un puchero de esos a los que Paige estaba acostumbrada.

–Podrías haberme dejado una nota.

–¿Por qué? Tú nunca despiertas antes de las ocho.

Su hermana tuvo el buen juicio de mostrarse arrepentida.

–Pero hoy he despertado antes y, al ver que no estabas en la cama, he estado a punto de llamar a Chad para salir a buscarte.

Déjà vu.

Paige dejó su abrigo sobre el sofá, agradeciendo a la suerte haber vuelto cuando lo hizo. Lo último que necesitaba era que Chad fuese a buscarla.

–Estoy aquí ahora, así que puedes dejar de preocuparte.

–Llevas la misma ropa que ayer –señaló su hermana.

Paige se puso colorada.

–Cuando desperté... volví a ponerme la ropa que me había quitado por la noche. Y ahora tengo que ducharme antes de ir a la reunión –casi había llegado al cuarto de baño cuando se volvió para mirarla–. Tú no volviste anoche a la habitación. ¿Dónde estabas?

Su hermana sonrió. Era típico de Emma no preocuparse por nada. Sencillamente, no se le ocurrió que a ella le hubiese preocupado su ausencia. Esperaba que Paige siempre estuviera a su lado, pero no parecía pensar que ella debía hacer lo mismo.

–Estaba con una persona... y creo que estoy enamorada.

Paige tuvo que hacer un esfuerzo para mostrarse calmada, aunque su corazón latía a mil por hora.

–Qué rápido, ¿no? Si lo has conocido en Moscú, no puedes saber nada de ese hombre.

–Paige... –empezó a decir Emma, su rostro brillaba de felicidad–. No iba a contártelo de momento porque sabía que te preocuparías, pero es Chad.

Ella parpadeó.

–¿Estás enamorada de Chad? Pero si apenas lo conoces...

–Llevo un mes saliendo con él.

Paige se dejó caer sobre un sillón. Un mes. Un mes de mentiras, de engaños. Ahora entendía por qué Chad no le había pedido que enviase flores y regalos como de costumbre.

Y empezaba a entender por qué la había invitado a comer: para hablar de su hermana.

–No tenía ni idea –dijo por fin.

Emma se arrodilló frente a ella, tomando su mano.

–Lo siento mucho, pero Chad pensaba que tú podrías llevarte un disgusto. Queríamos mantenerlo en secreto hasta que supiéramos lo que sentíamos el uno por el otro.

Paige tenía las manos heladas en contraste con las manos cálidas de Emma. Una hermana se llevaba todo el calor mientras la otra estaba fría y vacía. No le parecía justo.

–¿Y un mes te parece tiempo suficiente para saber si estás enamorada?

La sonrisa de Emma dejaba claro que estaba convencida.

–A veces, una sabe esas cosas.

A pesar del dolor que eso le producía, Paige se alegraba al verla tan feliz porque siempre había querido lo mejor para ella. Aunque sólo se llevaban cinco años, a menudo se sentía más como una madre que como una hermana.

Pero la beatífica sonrisa de Emma la preocupaba.

–Yo llevo dos años trabajando para Chad Russell, cariño, y te aseguro que en ese tiempo ha salido con infinidad de mujeres.

–Lo sé, él mismo me lo ha contado. Pero me quiere y está dispuesto a casarse conmigo.

El corazón de Paige se rompió en mil pedazos. Hasta ese momento no se había dado cuenta de que había vivido para Emma. ¿Qué haría cuando su hermana se fuera?

¿Y qué podía decir en aquel momento? Emma la miraba con los ojos llenos de esperanza, pero Paige no podía dejar de preocuparse. ¿Iría Chad en serio? ¿De verdad olvidaría sus días de playboy para hacer feliz a Emma o sencillamente quería un romance y no tenía intención de casarse? Era un hombre muy rico y se movía en un círculo social completamente diferente al de su hermana. ¿Aquello sería real o una simple aventura?

–¿Habéis fijado una fecha para la boda?

Emma negó con la cabeza.

–Lo haremos cuando volvamos a Dallas. Ahora mismo está muy preocupado por ese contrato.

El corazón de Paige dio un vuelco dentro del pecho. Pero no sabía si era por la preocupación sobre las intenciones de Chad o sobre el contrato del que dependía el futuro de la empresa Russell. Porque cuando pensaba en las razones por las que estaban en Moscú, también pensaba en Alexei.

Alexei Voronov la había ayudado cuando lo necesitaba, la había abrazado mientras lloraba y la había besado de tal forma que casi le suplió que la llevase a su cama...

Pero no era sólo un hombre, era el príncipe Voronov y estaba decidido a destruir la empresa Russell. Y si lo conseguía, también destruiría el futuro de Chad y Emma.

Paige se levantó para abrazar a su hermana.

–Me alegro de que seas feliz y espero que Chad se dé cuenta de la suerte que tiene. Porque si no es así... me lo cargo.

Emma rió, devolviéndole el abrazo.

–No te preocupes por mí. Si hace falta, me lo cargaré yo misma.

–No tengo la menor duda –dijo Paige–. Y ahora, tengo que arreglarme para ir a la reunión.

Mientras se desnudaba para meterse en la ducha no podía quitarse de encima un extraño presentimiento. Seguía dolida por la noticia de que Emma estaba enamorada de Chad, pero no era eso.

Era el príncipe Voronov quien la inquietaba porque intuía que era un hombre muy peligroso.

Y no sólo para la empresa Russell sino para ella misma. Deseaba verlo otra vez, aunque lo mejor sería que la ignorase en la reunión, como si no la conociera de nada.

Pero sabía que no lo haría. Lo que no sabía era por qué eso la hacía feliz.

Capítulo 4

LA TENSIÓN en la sala de juntas no era ninguna sorpresa. Alexei observaba a Paige mientras Chad Russell hablaba en ruso con Valishnikov... Quería que lo mirase, pero estaba concentrada en la pantalla de su ordenador portátil. No había podido dejar de pensar en ella desde que salió de su coche esa mañana. Era una mujer extraña, hermosa, pero totalmente inconsciente de su belleza.

E inocente. Eso era lo que le atraía. Le recordaba a Katerina en cierto modo. Katerina sólo tenía diecisiete años cuando murió y hasta el final había tenido ese aire de inocencia. La leucemia y la pobreza en la que estaban sumidos no habían podido robársela.

Pensar en Katerina hizo que volviera a mirar a Chad Russell. Habían pasado quince años desde que su hermana murió y sabía que no debía culpar a Chad por la crueldad de su padre, pero no podía evitarlo. No había entendido hasta ese momento, quince años antes, cuando estaba frente a Tim Russell por qué el hombre odiaba tanto a los Voronov. Y aunque sabía que casi con toda seguridad su hijo seguiría sus pasos, le seguía resultando difícil de creer.

Al fin y al cabo, Chad Russell era también un Voronov.

Pero, por eso, lo que tenía que hacer resultaba más fácil. Si Chad hubiese sido un tipo encantador, Alexei podría haber olvidado su deseo de destruir la empresa Russell.

Entonces miró a Paige de nuevo. Era una pena que tuviese que utilizarla pero se encargaría de que recibiera una recompensa, pensó, intentando olvidar una punzada de remordimiento para concentrarse en la discusión.

Alexei vio a su primo gesticulando en su intento de impresionar a Valishnikov con sus planes de prospección para los pozos de Siberia y el Báltico. Chad era medio ruso, pero eso no sería suficiente para convencer al viejo que estaba estoicamente sentado al otro lado de la mesa.

Aunque Elena, la madre de Chad y tía de Alexei, le había enseñado el idioma, el padre de Chad se había encargado de que su hijo fuera cien por cien estadounidense.

Y Pyotr Valishnikov era lo bastante viejo como para recordar el odio y la desconfianza hacia los estadounidenses.

Peor aún, Chad parecía el típico petrolero texano, con botas de vaquero y un sombrero Stetson blanco que había dejado sobre la mesa de juntas. No, ésa no era la mejor manera de impresionar a un hombre ruso.

Valishnikov levantó la mano de repente para pedir silencio y Chad se quedó callado.

–Tomaré en consideración su propuesta –le dijo–. Ambas propuestas –añadió, mirando a Alexei–. Y ahora, si me perdonan, tengo que acudir a otra reunión.

Seguido de un ejército de ayudantes y abogados, el hombre salió de la sala de juntas y Alexei observó con interés la reacción de Chad, que pareció doblarse sobre sí mismo durante un segundo, antes de volverse para mirarlo con expresión beligerante.

–Parece que vas a pasar más tiempo del que pensabas en nuestro país –lo retó Alexei, levantándose de la silla–. Tal vez deberías aprovechar para visitarlo. San Petersburgo está particularmente bonito en esta época del año.

Como esperaba, Paige levantó la cabeza al oír eso. Las gafas se le habían deslizado por el puente de la nariz y tuvo que volver a colocárselas con un dedo, en un gesto que le pareció enternecedor.

Le gustaría darle un beso en la nariz, no sabía por qué, ya que él no solía pensar esas tonterías románticas. Era una mujer muy atractiva y posiblemente tenía información que le interesaba. Ése era su único interés en ella.

–No voy a ir a San Petersburgo, príncipe Voronov –replicó Chad–. Voy a quedarme aquí hasta que tenga el contrato en el bolsillo.

–No vas a conseguir el contrato.

–No esté tan seguro –exudando odio por todos sus poros, Chad se volvió hacia la mujer que estaba a su lado–. Recógelo todo, nos vemos en el vestíbulo. Tengo que hacer una llamada urgente.

–Solos al fin –dijo Alexei cuando Chad Russell salió de la sala de juntas como un tornado texano.

Paige intentó mirarlo con frialdad.

–No deberías hablar conmigo –le advirtió, mientras recogía los papeles.

–¿Por qué no? Me gusta hablar contigo –dijo Alexei.

Y era verdad. Le parecía mucho más interesante que las mujeres con las que solía salir. Aun así, no iba a dejar que nada, ni siquiera su aparente inocencia, interfiriese con su plan de sacarle información.

Paige llevaba el pelo sujeto en una coleta y un traje

negro muy serio con una camisa blanca. El conjunto le quedaba bien, pero parecía un pingüino.

Un pingüino que a él le gustaría desnudar. Era demasiado seria y sería un placer quitarle ese traje tan formal para ver a la mujer sensual que había conocido la noche anterior.

–Yo trabajo para Chad Russell y me gustaría conservar mi puesto de trabajo, si no te importa. Así que, por favor, no me hables.

–¿Por qué es malo que te hable? –insistió Alexei, acercándose hasta que pudo respirar su aroma a verano.

Tontamente, pensó que debería vestir con colores alegres. O de blanco... el blanco le quedaba bien, como la nieve cubriendo un hermoso paisaje.

Sería un reto, pensó. Pero a él le gustaban los retos. Especialmente, cuando eran inesperados.

Paige dejó de hacer lo que estaba haciendo para mirarlo de nuevo, pero Alexei notó que le temblaban las manos.

–Porque no me gusta mentirle a mi jefe y porque no quiero que me pregunte por ti. Hablar contigo me complica en una red de mentiras y eso no me gusta nada.

Alexei puso una mano sobre sus papeles. La afectaba, eso era evidente. Y pensaba usar eso en su beneficio sacándole toda la información que pudiera. En la guerra, como en el amor, valía todo, pensó, intentando ignorar una punzada de remordimiento.

–Cena conmigo esta noche.

–¿Estás loco? –exclamó Paige–. ¿No has oído nada de lo que he dicho? ¡No puedo cenar contigo!

–Chad no tiene por qué saberlo –insistió Alexei, tirando de su mano para apretarla contra su pecho. Sentía la imperiosa necesidad de abrazarla, de tener su cuerpo apretado contra el suyo de nuevo.

–Suéltame –dijo ella.

Y, aunque no quería hacerlo, aunque quería besarla hasta quedar sin aliento, Alexei hizo lo que le pedía.

–Admiro la lealtad hacia tu jefe, Paige. Pero ¿también puede controlar tu vida personal? ¿Chad puede decirte con quién debes salir y con quién no?

–No, claro que no. Pero esto es muy complicado... tú eres el enemigo.

Alexei soltó una carcajada. Lo era, desde luego, pero no quería que Paige lo supiera.

–No es cierto.

–Claro que sí. Eres el enemigo para Chad y yo trabajo para él –Paige respiró profundamente–. Además, le ha pedido a mi hermana que se case con él.

Alexei dejó de reír inmediatamente. Era evidente que Paige estaba dolida y no le gustaba verla así. El cambio en su expresión era como ver unas nubes negras escondiendo el sol...

Al verla con Chad aquel día se había dado cuenta de que entre ellos sólo había una relación profesional y eso le hizo absurdamente feliz. Sin embargo, Paige estaba triste y eso no le gustaba nada.

–Lo siento mucho.

Ella se encogió de hombros.

–No hay nada que lamentar. Mi hermana es muy feliz.

–¿Y tú?

Paige lo miró con un brillo de orgullo en los ojos.

–Yo también. Emma es una chica estupenda y merece un hombre como Chad Russell.

–¿Y qué mereces tú?

–No hagas eso –dijo ella entonces.

–¿Que no haga qué? Estoy haciendo una pregunta, como un amigo.

–Tú no eres mi amigo.

–No, aún no. Pero podría serlo.

Paige negó con la cabeza.

–No diga esas cosas, *príncipe Voronov*. Es imposible y usted lo sabe.

–Llámame Alexei, por favor. Y yo puedo decirte lo que tú mereces.

Sabía lo que Paige necesitaba escuchar. Ella era una mujer que no creía en sí misma y él era un hombre que sabía decir la palabra apropiada en el momento adecuado.

–¿Ah, sí?

–Tú mereces reír –le dijo, muy serio–. Mereces hacer algo pensando en ti misma en lugar de pensar siempre en los demás. Mereces felicidad y mereces que otra persona cuide de ti. Mereces recibir flores cada día, cenas a la luz de las velas y un hombre que te desee con toda su alma. Tú mereces todo lo que tiene tu hermana y más.

Cuando los ojos de Paige se empañaron supo que había conseguido lo que quería. Y, de nuevo, volvió a sentir esa molesta punzada de remordimiento. Pero él hacía lo que tenía que hacer para vengar a su familia, no había lugar para sentimientos.

–¿Por qué crees que no hago cosas pensando en mí misma? Sólo hemos pasado unas horas juntos, eso no te convierte en un experto sobre mí.

Se había puesto a la defensiva y era lógico.

–Eres como un libro abierto, Paige Barnes. Sencillamente, estoy leyendo lo que veo en él.

En sus ojos oscuros había un brillo de sorpresa, como si hubiera descubierto su punto débil.

–Yo... –Paige no terminó la frase y se dio la vuelta para seguir guardando papeles en el maletín.

Alexei se maldijo a sí mismo por haber ido demasiado lejos. La había asustado.

–Paige...

–Tengo que irme –murmuró ella, sin mirarlo–. Chad esta esperándome abajo.

Y antes de que pudiese detenerla, salió de la sala de juntas. Por segunda vez aquel día, Paige Barnes escapaba de él.

Paige tiró el bolígrafo sobre la mesa y se echó hacia atrás en el sillón. ¿Cómo podía trabajar cuando en lo único que podía pensar era en Alexei Voronov diciéndole que merecía amor y felicidad?

Y ella había reaccionado poniéndose a la defensiva para que no la viera como un ser patético porque cuando le dijo que era como un libro abierto, de repente sintió el abrumador deseo de escapar.

Ella era una mujer fuerte. Había sido fuerte toda su vida y había cuidado de sí misma y de su hermana desde que su madre murió. Había hecho sacrificios, había ahorrado todo lo que pudo y, por fin, era una mujer independiente. ¿Por qué se derretía por un hombre al que apenas conocía? ¿Por qué Alexei la hacía sentir tan vulnerable?

Una mirada al reloj le dijo que eran casi las cuatro de la tarde. No se había dado cuenta, pero su estómago empezaba a protestar porque no había comido nada desde que tomó un café y un par de galletas por la mañana, antes de la reunión.

Pensó llamar al servicio de habitaciones pero decidió que sería mejor bajar al restaurante del hotel.

Se había encerrado en la habitación desde que volvió de la reunión y era hora de mezclarse con la gente y airearse un poco. Tal vez entonces dejaría de pensar tanto en cierto príncipe ruso.

Chad y Emma habían salido a dar un paseo. Ya que Paige sabía de su relación, no había necesidad de seguir fingiendo. Aunque Chad le había pedido disculpas mientras iban a la reunión, diciendo que había querido contárselo antes pero no sabía si ella lo aprobaría.

Paige admitió que no lo hubiera hecho y luego le advirtió que si le hacía daño a su hermana lo mataría con sus propias manos. Y Chad no la había despedido, al contrario, le había asegurado que amaba a Emma y que nunca le haría daño.

Mientras estaban en la reunión, su hermana había llevado sus cosas a la habitación de Chad, de modo que Paige estaba sola y un poco triste. Aunque Emma estaba en la universidad, seguía viviendo en casa y estaba acostumbrada a tenerla cerca. Por supuesto, había tenido que viajar en otras ocasiones y muchas veces había estado sola en un hotel, pero aquel viaje le parecía diferente y la ausencia de Emma era más dolorosa de lo que le gustaría admitir.

Seguía llevando el traje negro que se había puesto por la mañana, de modo que tomó la chaqueta del respaldo de una silla y, diez minutos después, estaba en una esquina del restaurante, leyendo la carta que le había llevado un camarero.

–No pidas el *borscht* –dijo una voz masculina.

Cuando levantó la mirada y se encontró con unos fríos ojos grises, se le aceleró el pulso.

Alexei se sentó a su lado, con una sonrisa en los labios.

–Todos los turistas piden *borscht*, pero hay cosas más interesantes en la cocina rusa que un repollo.

–¿Qué haces aquí? –exclamó Paige–. Vete antes de que te vea alguien.

–No te preocupes, nadie te verá hablando conmigo.

–¿Y si Chad bajase al restaurante?

Alexei se encogió de hombros y eso la enfureció. Él era rico, no tenía que preocuparse por perder su empleo, pero ella debía preocuparse por algo más que por eso ahora que Chad iba a casarse con su hermana. Y no tenía intención de crear problemas entre ellos.

–Deberías haber aceptado cenar conmigo. Entonces no estaríamos aquí, estaríamos en otro sitio.

Paige apretó los dientes.

–Vete.

Alexei sonrió, arrellanándose en la silla.

–Sólo si vienes conmigo.

–No voy a ir contigo a ningún sitio.

–Entonces, yo me quedaré contigo –dijo él, tomando la carta–. Este hotel es muy agradable, pero todo está preparado para turistas. ¿No te gustaría probar la auténtica comida rusa? ¿Ver algo más que el aeropuerto?

–Ya he visto la Plaza Roja.

–Ah, sí, tengo buenos recuerdos de la Plaza Roja.

Paige intentó no ponerse colorada, aunque notaba que le ardían las mejillas. Por una vez en su vida, le gustaría tener más experiencia con los hombres. Entonces no le afectaría tanto la traviesa sonrisa de Alexei Voronov.

–No has venido aquí para cenar conmigo –le dijo.

–No, tenía que hablar con otra persona, pero te he visto y he decidido aprovechar la oportunidad.

–No digas esas cosas.

–¿Por qué no? Eres una mujer preciosa y quería verte.

Nadie la había llamado nunca «preciosa». Ella era pasablemente guapa, pero no era preciosa. La moda la confundía y el maquillaje era un misterio para ella que sólo había resuelto parcialmente usando rímel, brillo en los labios y algo de colorete. Y su pelo era tan largo y espeso que solía tener que sujetarlo en una coleta para que no la molestase.

Emma siempre intentaba que se pusiera ropa más moderna, pero no se sentía cómoda. El estilo de su hermana era muy diferente al de ella y como no había encontrado el suyo todavía, se conformaba con un traje de chaqueta para ir a trabajar y vaqueros y camisetas en su tiempo libre. Era un vestuario poco atrevido, conservador.

–Veo que no me crees –siguió Alexei–. Eso me sorprende, Paige.

–No confío en usted, príncipe Voronov. Sé que tiene algún motivo oculto.

–Ah, qué bien me conoces –bromeó él–. Sí, tengo un motivo oculto, es cierto. Y el motivo es que quiero que vengas conmigo. Prometo que Chad no lo sabrá nunca. Puede que hable ruso, pero no conoce esta ciudad como yo. Él no se aventuraría más allá de los barrios de moda.

–¿Y tú quieres llevarme a un sitio que no esté de moda? No sé si debería sentirme insultada o aliviada.

–Yo podría llevarte al mejor restaurante de la ciudad pero como no quieres, estoy dispuesto a llevarte a un sitio aún mejor.

–¿Mejor que el mejor restaurante de la ciudad? Eso no parece posible, ¿no?

–Es muy posible –dijo Alexei–. Sólo tienes que decir que sí y lo verás. Ven conmigo, Paige.

Le gustaba hablar con él, no podía negarlo. Se sentía sola y estando con Alexei era como... si estuviera metida en una bañera de agua caliente y espumosa.

¿Tan malo sería ir a cenar con él?

Chad y Emma estarían en la suite, pidiendo comida al servicio de habitaciones y haciendo el amor. ¿Por qué no podía ella ver la ciudad y pasar un buen rato? ¿Qué daño podía hacerle a Chad?

–No puedo –insistió. Pero quería ir. Quería pasar más tiempo con aquel hombre que la encontraba preciosa y que la hacía sentir como si fuera alguien especial, aunque sólo fuera una ilusión. Era una sensación nueva para ella y le gustaba demasiado.

–Eso es lo que diría Chad Russell. Yo quiero saber lo que piensa Paige Barnes.

Paige cerró los ojos un momento. Quería ver la ciudad y quería cenar con aquel hombre increíblemente guapo que se mostraba tan atento con ella.

–Es demasiado complicado. No debería ir.

–¿Qué hay de complicado en cenar juntos?

¿Por qué no podía pasarlo bien durante unas horas?, volvió a preguntarse Paige. Emma estaba con Chad y no se daría cuenta de que ella había salido.

Mientras el restaurante al que quería llevarla estuviera lejos del hotel y no fuera un sitio frecuentado por turistas, ¿dónde estaba el problema? Ya había pasado la noche con él, el asunto no podía empeorar.

Además, ¿qué había sido de su decisión de vivir para sí misma?

–Sí –dijo por fin, antes de que pudiera cambiar de opinión–. Iré a cenar contigo.

–*Spasiba* –Alexei se levantó de la silla y la tomó de la mano.

–Espera, mi abrigo –dijo Paige–. Está en mi habitación.

–Yo te compraré un abrigo nuevo.

–No, no quiero que me compres un abrigo.

–¿Por qué no? El que llevabas ayer era demasiado ligero para el frío de Moscú.

Alexei la llevó a una de las boutiques del hotel y le puso un largo abrigo blanco de cachemir mientras la dependienta lanzaba exclamaciones de admiración.

–Pero yo no puedo aceptar... –empezó a decir Paige.

–Calla.

Luego eligió un gorro de piel, como el que llevaba Julie Christie en *Doctor Zhivago*, un pañuelo blanco y unos guantes de piel y, tranquilamente, le entregó una tarjeta de crédito a la dependienta mientras ella se miraba al espejo, absolutamente perpleja.

Un minuto después, entraban en una limusina negra que esperaba en la puerta del hotel.

–Te devolveré el dinero –se ofreció Paige.

–No pienso aceptar tu dinero. Considéralo un regalo.

–Insisto en hacerlo, Alexei –dijo ella, mirándolo con expresión retadora. ¿Cómo iba a aceptar unos regalos tan caros? La cena era una cosa, pero un abrigo de cachemir y un gorro de piel debían costar una fortuna. Una fortuna que ella no tenía, por otra parte.

–Muy bien –asintió él–. Haremos un plan de pagos. Cien dólares al mes durante al menos sesenta meses...

Ella parpadeó, sorprendida.

–¿Seis mil dólares? ¿Has pagado seis mil dólares?

Alexei le levantó la barbilla con un dedo.

–Necesitabas un buen abrigo.

Paige iba a quitárselo, pero él se lo impidió.

–No seas tonta. Me apetecía hacerte un regalo, no tienes que devolverme el dinero.

Ella apartó la mirada. No sabía por qué, sus ojos se habían llenado de lágrimas. ¿Cuándo fue la última vez que alguien le hizo un regalo? Nunca desde que su madre murió. A su madre le encantaba sorprender a sus hijas con juguetes o libros de cuentos... hasta que sufrió el accidente y todo el dinero que había en el banco tuvo que usarse para pagar las facturas del hospital.

Pero no podía aceptar tan extravagante regalo de aquel hombre. No estaba bien.

–Lo devolveremos todo cuando volvamos al hotel.

Alexei dijo una palabrota en ruso. Por su expresión enfadada, debía ser una palabrota.

–Muy bien, lo que tú quieras, Paige Barnes.

Y eso la hizo sentir como una desagradecida. Había herido sus sentimientos...

Paige puso una mano en su brazo.

–Gracias por el abrigo, Alexei. Es un detalle muy bonito por tu parte.

Él la miró entonces con esos ojos grises tan preciosos. ¿Por qué tenía que ser tan guapo?

–No te entiendo, la verdad.

–Yo tampoco me entiendo a mí misma últimamente, te lo aseguro –Paige suspiró–. Pero lo siento si te he parecido antipática.

Él hizo un gesto con la mano, como para quitarle importancia.

–Y yo lamento que tú te hayas sentido incómoda. No era mi intención.

–Debo admitir que me siento un poco incómoda estando contigo. No quiero crear problemas.

–No habrá ningún problema.

–Si fuera tu empleada y tú me vieras con Chad, ¿no te enfadarías?

–¿En serio? Sí, me enfadaría –respondió Alexei–. Pero no te despediría por eso. Pensaría que era mejor tenerte cerca.

–¿Por qué?

Él se inclinó hacia delante, como si fuera a contarle un secreto.

–Porque tú podrías saber cosas que fueran valiosas para mis enemigos.

–Yo no sé nada. Y aunque lo supiera, no te lo contaría a ti. Si es por eso por lo que te molestas tanto en ser amable conmigo, estás perdiendo el tiempo.

Alexei sonrió y a Paige se le encogió el estómago.

–Eres una tigresa, por eso me gustas. Eres leal... aunque Chad te ha hecho mucho daño.

Paige apartó la mirada.

–No me ha hecho daño. Sencillamente, me llevé una sorpresa y estoy un poco preocupada por mi hermana.

–Tu hermana es mayor de edad y puede cuidar de sí misma, ¿no crees?

–Ya lo sé, pero me siento responsable de ella y la quiero mucho. No voy a dejar que nadie le haga daño.

–Pues claro que la quieres, pero ya no eres responsable de lo que haga con su vida.

–Tú no sabes nada sobre nosotras –protestó Paige–. Es fácil para ti juzgarme, pero no tienes derecho a decirme lo que debo sentir.

Alexei tomó su mano, haciendo círculos sobre la palma con el pulgar.

–No era mi intención decirte lo que debes sentir, pero a los veintiún años uno toma sus propias decisiones. Tú no eres responsable de lo que haga tu hermana.

–Sí, lo sé –Paige dejó escapar un suspiro–. Pero uno no deja de preocuparse por alguien sólo porque se haya convertido en adulto. Yo crié a Emma cuando mi madre murió... en cierto modo, es como si fuera mi hija.

Nunca había dicho eso en voz alta y le resultaba chocante habérselo contado precisamente a un hombre al que apenas conocía. Por supuesto, la gente de Atkinsville sabía que había criado a Emma, pero Paige nunca le había contado a nadie lo difícil que había sido para ella porque hacerlo hubiera sido como admitir que necesitaba ayuda... y eso podría haber obligado a intervenir a los servicios sociales.

–Ah, ya entiendo por qué te sientes responsable y por qué estás dispuesta a sacrificar tu felicidad por la de tu hermana.

–Yo no he dicho eso. Emma no quiere que yo sea infeliz.

Alexei la miró en silencio durante unos segundos.

–Debías ser muy joven cuando te convertiste en la madre de tu hermana.

–Tenía dieciocho años.

–Y fue difícil para ti, ¿no?

Paige suspiró de nuevo. ¿Por qué le estaba contando aquello? Y, sin embargo, era extrañamente consolador hacerlo. Como las lágrimas de la otra noche, necesitaba ese desahogo.

–Entonces sólo era una cría y no siempre sabía lo que debía hacer o si lo hacía bien.

–Pero lo hiciste y tu hermana es mayor de edad. Tienes que dejar que se haga independiente.

–Entiendo lo que dices, pero tú no sabes...

–Yo tuve una hermana –la interrumpió él–. Tenía tres años menos que yo y la protegí con todas mis fuerzas, pero al final no pude salvarla. Me habría encantado que viviera el tiempo suficiente para volverme loco con sus cosas... –Alexei apretó su mano–. Debes celebrar que tu hermana está viva, que puede tomar sus propias decisiones y ayudarla si tiene algún problema, pero no pienses que debes aparcar tu vida para estar siempre a su lado.

Paige no podía hablar. ¿Cómo podía ver con tal claridad dentro de ella? ¿Cómo conocía sus miedos y todo lo que se había perdido durante esos años sin que ella se lo hubiera contado? Era desconcertante.

Y, sin embargo, se daba cuenta de que también él había sufrido. Le gustaría decir que lo sentía, preguntarle qué le había pasado a su hermana, pero antes de que le saliera la voz, sonó el móvil de Alexei.

–Perdona un momento...

Estuvo hablando por teléfono durante casi treinta minutos, mientras la limusina recorría la ciudad. Cuanto más se alejaban del hotel, más se preguntaba Paige si había cometido un error al ir con él. Ella no solía actuar por impulso...

Hasta aquel momento.

Había decidido ir a cenar con un hombre que la fascinaba, pero no había esperado desnudarle su alma o sentir que se le encogía el corazón al saber que también él había sufrido al perder a un familiar.

Supuestamente, era una cena. Algo sencillo.

Pero el coche seguía moviéndose, alejándose del centro de la ciudad para tomar una autopista. Quería preguntar dónde iban, pero Alexei seguía hablando por teléfono.

Poco después, se dio cuenta de que entraban en un

aeropuerto. Aunque no parecía el mismo al que había llegado unos días antes.

–Es Sheremetyevo –le explicó Alexei, guardando el móvil en el bolsillo del abrigo–. Seguramente tú llegaste a Domodedovo, que está al sur de la ciudad.

Paige intentó no asustarse.

–Sí, pero ¿por qué estamos aquí?

–Te llevo a cenar, *maya krasavitsa*.

–¿En el aeropuerto?

–No –dijo él, mientras el conductor hablaba en ruso con los guardias de seguridad de la entrada.

Unos minutos después, el coche se detuvo y Alexei bajó para ofrecerle su mano. Un *jet* estaba saliendo a la pista desde el hangar y el estruendo de los motores era ensordecedor.

–¡No puedo subir a un avión contigo! ¡Es una locura!

Alexei la abrazó.

–Será un viaje muy corto y volveremos a medianoche, te lo prometo... ten, ponte esto –le dijo, sacando los guantes blancos del bolsillo del abrigo.

¿En qué lío se había metido?, se preguntó Paige mirando alrededor. Ir a un restaurante con él era una cosa, pero subir a un avión...

–No puedo –le dijo.

Y los dos sabían que no estaba hablando de los guantes.

–Anoche confiaste en mí –le recordó Alexei, con voz pausada a pesar de que tenía que gritar para hacerse oír–. Te estoy pidiendo que confíes en mí de nuevo.

Capítulo 5

NO QUERÍA decirle dónde iban y, sin embargo, subió al avión con él. Paige sacudió la cabeza, preguntándose dónde estaba su sentido común.

El *jet* había tardado menos de una hora en aterrizar en otro aeropuerto, pero una vez allí no subieron a un coche sino a un helicóptero.

No era la primera vez que viajaba en helicóptero porque lo había hecho alguna vez con Chad, pero aquel era el más lujoso que había visto nunca. El interior parecía el de un yate, con asientos de piel blanca y madera brillante por todas partes.

A su lado, Alexei estaba de nuevo hablando por teléfono. Había hablado al menos con seis personas desde que subieron a la limusina en la puerta del hotel.

Pero eso era lo que hacían los multimillonarios: firmaban contratos por teléfono, compraban y vendían compañías enteras y transferían millones de dólares, o rublos en su caso, con total tranquilidad.

Era un mundo del que ella no sabía nada, a pesar de trabajar como secretaria de Chad Russell.

Alexei volvió a guardar el móvil en el bolsillo, disculpándose una vez más.

–No importa –dijo ella–. Imagino que hay mucho en juego.

–Sí, es cierto –asintió Alexei, sorprendido–. Y pienso ganar.

Paige sintió un escalofrío. Ella no se refería al contrato con Valishnikov en particular, pero parecía evidente que era sobre eso sobre lo que trataban las llamadas.

–Chad también –le dijo, aprensiva.

Alexei miró por la ventanilla cuando el helicóptero empezó a descender.

–Mira –le dijo.

Debajo de ellos, el paisaje era una manta de un blanco cristalino, con un palacio de piedra blanca y cúpulas de tejas verdes en el centro. En la entrada había seis enormes columnas y frisos sobre los centenares de ventanas de los tres pisos. La cúpula de una iglesia cercana parecía dorada a la luz del atardecer y los árboles levantaban sus ramas cubiertas de nieve hacia el cielo.

Alexei le paso un brazo por los hombros, su mejilla pegada a la de Paige.

–Es el palacio Voronov, construido en el siglo XVIII. Mira esa fuente... ¿la ves? Fue un regalo del zar Pedro El Grande.

La fuente en el centro del patio parecía hecha de oro, con querubines y criaturas míticas congeladas en el tiempo, como esperando alguna señal que sólo ellos conocían para saltar de sus peanas y corretear por el jardín.

El palacio Voronov era un sitio de cuento de hadas y Paige se sintió absolutamente fuera de su elemento. Ella había crecido en una casa de dos dormitorios, con una cocina diminuta y un jardín más pequeño aún.

El helicóptero volvió a sobrevolar el palacio una vez antes de aterrizar. Un hombre abrió la puerta y los recibió con una sonrisa, diciendo algo en ruso a lo que Alexei respondió antes de tomar su mano para correr por un camino que alguien había limpiado de nieve. Pero cuando llegaron al vestíbulo del palacio, Paige se detuvo abruptamente, con la boca abierta.

Las paredes, de mármol y alabastro, terminaban en una cúpula semicircular en la que había un fresco con una escena de la Biblia. Tres enormes lámparas de araña colgaban del techo, sus lágrimas de cristal iluminando el fresco, con sus tonalidades azules, verdes, doradas y de un rojo vibrante.

–Es la *Adoración de la virgen* –murmuró, atónita.

Su madre tenía un cuadro similar en el salón y Paige estaba tan acostumbrada a él que había dejado de interesarle.

Pero aquello era como verlo por primera vez... aunque evidentemente el fresco era mucho mejor. Algo real y no una vulgar copia. Aun así, por raro que fuese, mirándolo sentía la extraña sensación de estar en casa.

–Sí.

Paige miró a Alexei, parpadeando para contener las lágrimas. Por un momento, casi había olvidado que estaba allí. ¿Cómo sería vivir con aquella belleza cada día de tu vida?, se preguntó.

–¿Qué ocurre, Paige? Estás a salvo conmigo, te lo prometo.

Era demasiado tarde para esconder su reacción y tuvo que sonreír, un poco avergonzada.

–Es una bobada, pero siempre lloro en las galerías de arte. Hay algo en la etérea belleza de un cuadro que me sobrecoge. Es como ver el alma del pintor...

Era cierto, pero ella sabía que era algo más que la belleza de aquel fresco lo que la había hecho llorar. Lo que había provocado esa emoción era la conexión con el pasado en un sitio tan inusual, tan ajeno a ella.

Alexei rozó una lágrima con el dedo, mirándola con ternura.

–No creo haber conocido nunca a una mujer que llorase en las galerías de arte. Aunque este palacio no lo sea.

Paige consiguió sonreír. ¿No era una galería de arte? ¿A quién quería engañar? Todo lo que había allí podría estar en un museo.

–Puede que se me pase con el tiempo.

–Lo dudo –Alexei le ayudó a quitarse el abrigo y después se quitó el suyo para dárselo a un criado que había aparecido como de la nada–. Y creo que será mejor que no te lleve a la galería de retratos. Con tantas lágrimas no podrías cenar.

–Tal vez después de cenar entonces.

¿Cómo no iba a querer ver los retratos de sus antepasados?

–Después de la cena tengo una sorpresa para ti –dijo él entonces, tomando su mano–. Ven, si no me equivoco, la cena nos espera en la biblioteca.

–¿En la biblioteca?

–El comedor es demasiado grande y la biblioteca es más acogedora.

Si podía llamarse «acogedora» a una habitación del tamaño de un apartamento, sí, lo era, pensó Paige cuando la llevó a una habitación llena de libros, con una chimenea gigante en el centro. Frente a la chimenea había una mesa redonda cubierta por un mantel de lino blanco, con platos de porcelana, velas y copas de fino cristal. Un trío de criados uniformados esperaba frente a un carrito sobre el que había varias bandejas de plata y cuando Alexei apartó una silla para ella Paige tomó asiento, preguntándose cuántos príncipes y princesas Voronov se habrían sentado allí antes.

Alexei hizo un gesto y los criados empezaron a servir la cena. Había platos de carne, verduras, codornices rellenas y un pan negro que estaba delicioso. También había caviar sobre un recipiente de hielo, junto con unas tortitas muy planas que ella sabía se llamaban *blinis*.

Los criados salieron de la biblioteca después de servir el vino y, de repente, estaban solos.

Alexei levantó su copa.

–Por una buena cena y mejor compañía.

Paige brindó con él, pero tenía el pulso acelerado y se preguntó cómo iba a ser buena compañía si, de repente, no se le ocurría nada que decir.

Aquello era totalmente irreal, totalmente nuevo para ella. Alexei, el príncipe Voronov, la había sacado de un hotel en Moscú unas horas antes para llevarla en su avión privado a San Petersburgo y ahora estaba sentada en una fabulosa biblioteca en el palacio de los Voronov, cenando con él. Esas cosas sólo pasaban en las películas o a las modelos y a las actrices, no a las chicas trabajadoras como ella.

Pensó entonces en Chad y en Emma y tuvo que contener una oleada de remordimientos.

–¿Te gustan las *pelmeni*? –le preguntó Alexei.

–Me gusta todo. ¿Qué son las *pelmeni*?

–Las codornices, el relleno es una mezcla de ternera, cordero, cerdo y especias.

–Están riquísimas. Y tenías razón, hay cosas mucho más interesantes que el repollo en la cocina rusa.

–Era el plato favorito de mi hermana –dijo Alexei–. Es una receta de los Urales y mi madre solía hacerlas a menudo.

–Siento mucho que tu hermana haya fallecido –dijo ella entonces.

–Fue hace muchos años, pero gracias.

Cuando no dijo nada más, Paige se vio en la obligación de cambiar de tema.

–Mi madre solía hacer pollo frito al estilo del sur –bromeó–. De pequeña, era mi plato favorito.

–¿Y ya no lo es?

Paige negó con la cabeza.

–No desde que descubrí que subía el colesterol. Además, perdí cinco kilos al dejar de comer cosas fritas.

Aunque seguramente seguiría tomando el pollo de su madre si ella siguiera viva.

–Yo nunca he probado el pollo frito –dijo Alexei.

–Si alguna vez vas a Texas, yo te lo haré –se ofreció Paige. No esperaba que fuera, pero se sintió obligada a decirlo de todas formas.

Él sonrió.

–Tal vez acepte la invitación.

Paige tomó otro sorbo de vino. Lo último que necesitaba era que fuera a Texas y viera su humilde casita. Aunque no iba hacerlo, sólo estaba siendo amable también.

–Este palacio es precioso. Debe haber sido increíble crecer aquí.

La expresión de Alexei se ensombreció, pero enseguida se encogió de hombros.

–No crecí aquí, *maya krasavitsa*. Mi padre murió cuando yo tenía cinco años y mi madre, que era considerada *persona non grata*, se vio obligada a marcharse del palacio con mi hermana y conmigo.

–¿Por qué? ¿No debería haber heredado el palacio cuando tu padre murió?

Alexei tomó un sorbo de vino.

–Entonces eran tiempos difíciles y mi madre no tenía... las influencias necesarias. Había gente que la quería fuera de aquí y no pudo hacer nada.

–Pero tú estás aquí ahora –dijo Paige.

–Tardé muchos años en recuperarlo, pero sí. Conseguí comprar el palacio –asintió él. En sus ojos grises había una emoción que Paige no lograba identificar. ¿Odio? ¿Rabia? ¿Miedo?

Antes de que pudiese averiguarlo, Alexei volvió a ponerse la máscara y era, una vez más, el solícito anfitrión, el príncipe ruso.

–¿Dónde vive tu madre ahora?

–Está en la iglesia que viste antes de aterrizar, como lo están mi hermana y mi padre. Cuando recuperé el palacio, llevé sus cuerpos allí.

Paige dejó el tenedor en el plato. Había recuperado el palacio, pero su familia no estaba allí para disfrutarlo con él, pensó, entristecida.

–Lo siento. No debería haber preguntado...

–No te preocupes. Todos murieron hace mucho tiempo, pero ahora están donde deben estar, en la cripta familiar, y yo me alegro de haber podido reunirlos.

Paige le apretó la mano, con el corazón encogido. Aunque no era un consuelo, quería que él supiera que lo entendía.

–Mi madre murió cuando yo tenía dieciocho años.

–Lo siento mucho.

–No te lo cuento porque busque compasión, sólo quería que supieras que entiendo lo que es estar solo.

–Pero tienes a Emma –dijo él.

–Sí, pero no por mucho tiempo.

Alexei se llevó la mano a los labios.

–Siempre la tendrás. Sigue siendo tu hermana.

Paige se mordió los labios. ¿Él había perdido a su

hermana y ella estaba quejándose porque la suya iba a casarse?

–¿Cómo hemos terminado hablando de mí cuando estábamos hablando de ti?

–Me gusta saber cosas de ti.

–Yo prefiero hablar de ti.

–¿Qué quieres saber? –le preguntó Alexei, arrellanándose en la silla. El pelo le brillaba a la luz de la chimenea.

–¿Por qué estás siendo tan amable conmigo?

Si había pensado que esa pregunta lo pillaría desprevenido estaba equivocada porque se limitó a sonreír.

–¿Tienes que preguntar después de lo que pasó anoche?

–Si buscas información, estás perdiendo el tiempo. Hasta este viaje, yo sólo era una secretaria más en la empresa Russell. Chad me eligió para venir a Moscú por mi hermana.

Era embarazoso admitirlo delante de un hombre tan poderoso como Alexei, pero era la verdad. Además, no quería que creyese que ella tenía información alguna. Si la llevaba de vuelta a Moscú de inmediato, que así fuera. Al menos, entonces sabría cuáles habían sido los verdaderos motivos de aquella invitación.

–¿Eso te molesta?

–No te entiendo.

–¿Te molesta que Chad te haya traído sólo para estar con tu hermana?

–Ah, eso... –Paige se encogió de hombros–. Así es la vida, ¿no? Este viaje es una oportunidad después de todo. Eso, si tú no consigues firmar el contrato con Valyshnikov y cierras la empresa Russell para siempre.

Alexei tenía un aspecto peligroso en ese momento, como si la máscara hubiera caído, dejando la esencia del hombre que estaba cenando con ella. Una esencia oscura, cruel.

–Cuando consiga el contrato, no cerraré la empresa. Russell será absorbida por Prospecciones Voronov.

–Chad dice que destruirías la compañía y todos nos quedaríamos sin trabajo.

Alexei hizo una mueca.

–Chad se equivoca. Aunque habría que hacer cierta reorganización, seguirías teniendo tu empleo, Paige. Sencillamente, trabajarías para mí en lugar de para Chad.

Fue su seguridad, su arrogante suposición sobre ella lo que la hizo decir:

–Si tú ganas, buscaré otro trabajo.

No era por la animosidad que había entre Alexei y Chad o por las repercusiones en la empresa Russell, aunque por supuesto todo eso la molestaba.

No, era por aquello, por esa noche. Porque Alexei aparentaba estar a gusto con ella y luego hablaba de trabajar para él como si no hubiera pasado nada.

«¿Pero qué ha pasado, Paige?».

Aparte de la extravagancia de sus métodos, Alexei no había hecho nada más que invitarla a cenar. Sí, la había besado la noche anterior, pero no se engañaba a sí misma. Todo lo que había ocurrido desde la noche anterior había sido irreal, desde el abrazo en la Plaza Roja hasta los besos en su apartamento más tarde.

–¿Por qué no querrías trabajar para mí?

Paige dejó la servilleta sobre la mesa porque había perdido el apetito. Había otra razón, una más importante que su orgullo herido. Y no tenía el menor problema en decirla en voz alta:

–Si arruinases a Chad también arruinarías la felicidad de mi hermana. Y yo no podría trabajar para alguien que le hiciera daño a Emma.

Paige estaba tan furiosa como un tigre siberiano, le brillaban los ojos y su piel de porcelana se veía dorada a la luz de la chimenea. Podría decirle que estaba siendo una ingenua, pero en lugar de eso lo único que deseaba era tomarla entre sus brazos y besarla.

No, quería hacer algo más que eso. Quería quitarle ese feo traje de chaqueta y enterrarse en ella. El deseo era sorprendente, abrumador.

Alexei se levantó abruptamente y ella echó la cabeza hacia atrás, una sombra de alarma se dibujó en sus facciones.

Le molestaba que lo mirase a veces como si fuera un oso ruso dispuesto a devorarla. Como si fuera un personaje de una novela de Dostoievski, la personificación humana del demonio.

Aunque tal vez lo era.

Pero tenía razones para ello. Y no se echaría atrás cuando la victoria estaba tan cerca. No cuando Paige estaba allí y él la deseaba. Se había dicho a sí mismo que quería averiguar lo que sabía sobre el negocio de Chad Russell, pero estaba empezando a creer que la verdad era más complicada.

Que su deseo por ella era más complicado.

La deseaba, pero no había esperado que le gustase tanto. Era una persona interesante, divertida, que apreciaba la belleza de manera tan profunda que la hacía llorar y que protegía a su hermana pequeña con una fiereza que él podía entender. Y seguía siendo leal a las dos personas que la habían engañado.

Alexei intentó no pensar que también él estaba engañándola. No, él hacía lo que debía hacer, lo que era necesario. Algunas promesas eran más importantes que cualquier remordimiento. Su hermana podría llevarse un disgusto si Chad perdía la empresa, pero se recuperaría. Y Paige también. Aquella no era una situación de vida o muerte.

Tenía que ser implacable. Estaba demasiado cerca de su objetivo como para perderlo de vista. Katerina lo merecía, su madre lo merecía. Tim Russell les había robado todo y Alexei no estaría satisfecho hasta que se lo hubiera quitado todo a su hijo.

No dejaría que aquella mujer, por interesante y atractiva que fuera, le hiciese olvidar su objetivo.

–En cualquier caso, tendrías un empleo si lo quisieras. Ven –dijo después, ofreciéndole su mano–. No es momento para hablar de negocios.

–¿Dónde vamos?

–Es una sorpresa.

Paige miró su mano, indecisa, pero un segundo después, suspirando, la aceptó. El roce hizo que Alexei sintiera una corriente de deseo que intentó controlar, pero era demasiado fuerte.

No podría apartarse aunque quisiera. Estaban muy cerca y la oía respirar, podía ver el latido de su pulso en el cuello, el deseo creciendo dentro de su cuerpo.

Paige tenía las mejillas encendidas y lo gratificaba saber que también ella lo deseaba, aunque eso le hiciera sentir como si estuviera aprisionado... porque aún no podía hacer nada.

Pero lo haría cuando llegase el momento.

Alexei la llevó hacia una ventana y dio un paso atrás. Al otro lado, sobre la nieve, mientras el sol empezaba a ocultarse tras el horizonte, había tres caballos atados a una *troika*. Un hombre sujetaba las riendas mientras otro comprobaba los esquís del trineo.

Alexei la oyó contener el aliento y aprovechó ese cambio de humor para acercarse un poco más, poniendo una mano sobre su hombro para hablarle al oído:

–Como te prometí –susurró, sus labios rozando el lóbulo de su oreja.

Se había permitido esa pequeña libertad porque no pudo evitarlo. Pronto, muy pronto, la llevaría a su cama.

La única respuesta de Paige fue un escalofrío.

Capítulo 6

EL AIRE olía limpio, a fresco y Paige no pudo evitar una carcajada de felicidad mientras la *troika* se deslizaba por la nieve. Los caballos piafaban y movían la cabeza, las campanillas que llevaban enganchadas al arnés tintineaban al paso.

–¡Es maravilloso! –exclamó–. Muchísimas gracias.

–Habría sido una pena venir hasta aquí y no dar un paseo en trineo –dijo Alexei, sujetando las riendas.

Paige iba envuelta en su nuevo abrigo, con el gorro de piel casi ocultando su cara y una manta sobre las rodillas. Iba muy calentita y, sin embargo, experimentó un escalofrío de emoción.

–¿Tienes frío?

–No, en absoluto.

–Si tienes frío, podemos volver al palacio –insistió él, preocupado–. Sólo tienes que decirlo.

Paige le tocó el brazo.

–Aún no. No quiero que termine demasiado pronto.

Alexei sonrió.

–Entonces, seguiremos adelante.

En realidad, una vez que se levantó de la mesa, Paige pensó que la noche había terminado. Y que seguramente era lo mejor, por mucho que se le encogiera el corazón.

Porque ¿qué demonios estaba haciendo? Aquel hombre era un príncipe, vivía en un palacio y estaba intentando destruir la empresa de su jefe, que pronto se convertiría en su cuñado. No debería estar allí, no debería estar pasando un buen rato con Alexei Voronov.

Era un error.

Y, sin embargo, allí estaba, sentada a su lado en el trineo, deslizándose por aquel paisaje nevado, escuchando el sonido de las campanillas de los caballos bajo un cielo iluminado por la luna llena.

Era tan romántico que lo recordaría durante toda su vida. Y no lamentaba aquel momento, aunque se sintiera culpable por estar disfrutando tanto.

Unos minutos después, Alexei detuvo el trineo en un promontorio desde el que podía verse todo el valle nevado.

–Si el tiempo fuera el habitual en esta época del año, no podríamos ver esto –le dijo–. Pero ayer hubo una tormenta de nieve.

–Y yo me alegro mucho –comentó Paige.

Alexei le acarició la cara con la mano enguantada y ella tembló, pero no de frío. No, cuando la tocaba era como si de repente un incendio se desatara en su interior. Cuando rozó su oreja con los labios había estado a punto de darse la vuelta, a punto de decirle que se olvidase del trineo y la llevase a la cama.

Afortunadamente, no lo había hecho.

–Tal vez la nieve ha caído por ti –dijo él.

Paige estaba tan acalorada que sintió el deseo de apartar la manta de sus rodillas y quitarse el abrigo. Todo en aquel momento era mágico y, casi sin darse cuenta, se inclinó hacia él...

Y estuvo a punto de gritar al escuchar un aullido.

–Lobos –dijo Alexei–. No hay tantos como antes, pero siguen saliendo a cazar por la noche.

–¿No deberíamos marcharnos? –le preguntó Paige, asustada.

Otro aullido sonó en la distancia y los caballos piafaron, nerviosos.

–No hay nada que temer. No estamos lejos del palacio y yo voy armado.

Paige guiñó los ojos para escudriñar el interminable paisaje helado. No veía nada más que nieve, pero sabía que los lobos estaban cerca.

–Parecen hambrientos.

–Sí, pero hay mucha caza por aquí: osos, cabras, ciervos... no te preocupes, esta noche los lobos se llenarán la barriga.

–No sé si eso me tranquiliza –murmuró ella. Pero cuando giró la cabeza, Alexei estaba mirándola con una expresión rara–. ¿Qué ocurre?

–Parece como si éste fuera tu sitio, como si todo estuviera hecho para ti.

–No te entiendo.

–Yo sabía que el blanco te quedaría bien –Alexei sacudió la cabeza–. El abrigo, el gorro...

–Todo es precioso.

–Tienes las mejillas rojas, los ojos brillantes y tus labios... necesitan un beso.

–Alexei... –empezó a decir Paige. Pero el resto de la frase se perdió cuando él se apoderó de su boca.

Sabía que debería detenerlo pero sencillamente no era capaz. Deseaba aquel beso, deseaba que la tocase. Alexei le pasó un brazo por la cintura, mientras seguía sujetando las riendas de la *troika* con la otra mano, y Paige se agarró a las solapas de su abrigo cuando empezó a besarla en el cuello, su corazón latiendo con tal fuerza que estaba segura de que él podría sentirlo.

Era el beso de la plaza, pero también mucho más.

Sentía como si lo conociera desde siempre, como si estuviera destinada para ese momento.

El beso era perfecto cuando no debería serlo. Pero estaba atrapada por una nueva sensación: la emoción, el peligro de besar de aquel hombre oscuro y desconocido.

Paige enredó una mano enguantada en su pelo y metió la otra bajo el abrigo para tocar los duros músculos de su torso...

–Alexei... –susurró.

–Eres tan preciosa. Te deseo tanto... –musitó él–. Ahora, esta noche.

Sus bocas se fundieron una vez más. No importaba el pasado, no importaba el futuro, aquel momento era lo único que contaba. ¿Y por qué no? Ella merecía su momento de felicidad, durase lo que durase.

Una vocecita interior intentaba hacerla entrar en razón, pero se negó a escuchar. Llevaba ocho años haciendo caso de esa vocecita y no había conseguido más que soledad y tristeza.

–Sí –murmuró, entre besos–. Sí, Alexei.

Hicieron el viaje de vuelta al palacio a toda velocidad. Alexei animaba a los caballos y la *troika* se deslizaba por la nieve a velocidad de vértigo. Tras ellos, los lobos seguían aullando pero Paige se sentía segura. De hecho, nunca se había sentido tan segura en toda su vida.

Cuando llegaron al patio del palacio, él entregó las riendas a uno de los mozos antes de ayudarla a bajar del trineo y después tomó su mano para llevarla corriendo hacia la escalera.

Paige se sentía como una princesa con su abrigo

blanco y rió cuando Alexei la llevó a una habitación y cerró la puerta, sus dedos volando por los botones del abrigo.

–He querido quitarte ese traje desde que te vi esta mañana –le confesó con voz ronca mientras tiraba el abrigo al suelo. Le siguieron el pañuelo y el gorro de piel...

Esa mañana.

¿De verdad había sido esa mañana cuando volvieron a verse en la sala de juntas? Paige decidió olvidarlo. Sabía con quién estaba y sabía por qué estaba mal.

Pero no quería parar. Quería seguir adelante, sin pensar. Quería sentirse viva esa noche, sentir la pasión y el poder de aquel hombre que estaba quitándose el abrigo y la camisa...

Sólo una vez, sólo esa noche. Al día siguiente, volvería a ser Paige Barnes, la seria y eficiente secretaria.

Nerviosa, se quitó los guantes para tocarlo... pero cuando por fin acarició su torso, él dio un respingo.

–Tienes las manos heladas –dijo, riendo.

–Tú también –murmuró Paige. Pero estaba segura de que sus caricias la harían arder antes de que terminase la noche.

Era una locura... una locura.

Podía escuchar esa vocecita en su cabeza, pero no quería escucharla. Ya habría tiempo para recriminaciones más tarde.

Alexei buscó sus labios mientras le quitaba la blusa y Paige se arqueó como una gata.

«No pienses, limítate a sentir».

Pero cuando puso las manos en la cinturilla de su pantalón, de repente sintió una punzada de miedo.

¿Debería explicarle que no tenía experiencia? ¿Que sólo lo había hecho una vez y ni siquiera sabía si contaba?

Pero entonces tal vez Alexei se echaría atrás y no podía soportar la idea de que su inexperiencia diese al traste con todo, de modo que no dijo nada.

Le hablaba en ruso mientras la desnudaba, palabras exóticas que Paige no podía entender. Pero cuando intentó cubrirse con los brazos, él la detuvo.

–Nunca imaginé que llevarías ropa interior sexy debajo de ese traje tan aburrido.

Paige se puso colorada.

–No es sexy, sólo es... de encaje.

Y tal vez un poquito sexy, sí. El sujetador tenía eso que llamaban escote balcón, y llevaba un tanga porque no le gustaba que se marcasen las braguitas bajo los pantalones.

–Eres preciosa.

–Pero tú no te has quitado el pantalón –protestó ella, incapaz de soportar ese escrutinio.

–Entonces ayúdame –dijo Alexei.

La noche anterior había visto un apunte de sus pectorales y abdominales en el estudio pero eso no la había preparado para la realidad. Tenía los hombros anchos, los músculos duros y la piel satinada, tan ardiente que sintió que le quemaba los dedos. Con el corazón en la garganta, Paige bajó la cremallera del pantalón...

Alexei se hizo cargo a partir de ese momento, quitándose pantalón y calzoncillos al mismo tiempo para quedar completamente desnudo frente a ella. Paige tragó saliva. Era magnífico, alto, fuerte, los músculos de su estómago claramente definidos y una línea de vello oscuro que iba desde el ombligo hasta...

–¿Te gusta lo que ves?

Ella levantó la mirada. Se había quedado mirando su pene como una tonta. Pero estaba erecto... y evidentemente nada avergonzado.

Sentía como si estuviera clavada al suelo. No sabía qué debía hacer. ¿Qué haría una mujer sofisticada? ¿Se abrazaría a él o se quitaría la ropa interior y se tumbaría lujuriosamente en la cama?

Afortunadamente, Alexei no parecía tener ningún problema para decidir lo que quería y, tomándola en brazos, la llevó a la cama. Paige miró hacia arriba y se quedó sorprendida. En el techo del dosel había una escena que representaba a un hombre y una mujer en una *troika*, los caballos galopando por un paisaje nevado...

–Estás temblando –dijo él, tumbándose a su lado–. ¿Te doy miedo?

–No, pero es que... ha pasado mucho tiempo –admitió Paige.

Era cierto. Había pasado mucho tiempo desde que perdió su virginidad con un chico del instituto, Bob, que bebía demasiado y nunca volvió a llamarla. Siempre había imaginado que por vergüenza, más que por cualquier cosa que ella hubiera hecho mal.

Pero empezaba a pensar que podría estar equivocada.

–Entonces me tomaré mi tiempo –dijo Alexei, quitándole las gafas para dejarlas sobre la mesilla–. No puedo imaginar nada más placentero.

Se apoderó de su boca y Paige se derritió al sentir el peso de su cuerpo. Cuando Alexei la besaba, sentía que haría todo lo que él le pidiera. Y debía ser cierto porque estaba en su cama, a más de seiscientos kilómetros de donde debería estar.

Alexei le desabrochó el sujetador y lo tiró al suelo antes de inclinar la cabeza para besar primero un pecho y luego el otro, haciéndola temblar.

–Eres muy sensible –murmuró–. Y me gusta.

Cuando cerró los labios sobre uno de sus pezones, chupando suavemente hasta endurecerlo, Paige arqueó la espalda.

–Te gusta –musitó él, con tono satisfecho.

Y cuando repitió el gesto, chupando suavemente sus pezones por turnos, pensó que iba a ponerse a gritar de placer.

–Alexei... no quiero que vayas despacio.

Estaba ardiendo y lo deseaba como nunca había deseado a nadie en toda su vida.

–Paciencia, cariño. Tenemos mucho tiempo –dijo él, antes de inclinar la cabeza para besar su estómago, acariciando el elástico del tanga con la lengua–. Es una braguita muy sexy, señorita Barnes. Hace que me pregunte qué otras sorpresas me esperan.

Cuando bajó el tanga y no hubo más barreras entre ellos, Paige se quedó sin aliento.

Creía estar preparada para lo que siguió, ¿pero cómo iba a estar preparada para algo que no había experimentado nunca?

Alexei besaba seductoramente el interior de sus muslos y cuando abrió sus piernas para rozarla con la lengua, Paige dio un respingo. Era como si hubiese recibido una descarga eléctrica.

Alexei le hacía cosas que ningún hombre le había hecho y quería que durase para siempre...

Pero terminó en cuestión de segundos, cuando pareció caer por un precipicio. Paige gritó, jadeando y sollozando a la vez durante la larga caída a ese pozo sin fondo...

La experiencia fue intensa, asombrosa, mucho más de lo que hubiera soñado nunca.

Y, sin embargo, no había terminado.

Alexei la hizo perder la cabeza una vez más con su lengua y cuando pensó que no era posible sentir más placer, lo hizo una tercera vez.

Estaba agotada, saciada, temblando... y aún quería más.

–Por favor –le rogó, al notar que se apartaba–. No te vayas.

Alexei rió, una risa ronca y sexy.

–No me voy a ningún sitio, preciosa.

Lo vio alargar una mano para abrir un cajón de la mesilla y, un segundo después, se había puesto un preservativo y estaba sobre ella. Paige enredó las piernas en su cintura, sabiendo instintivamente que eso era lo que debía hacer y Alexei la besó tiernamente mientras entraba en ella...

El placer la dejó sin aliento. Hubo un momento de dolor, una sensación incómoda... pero luego estaba dentro de ella, hasta el fondo, palpitando en su interior.

–Deberías habérmelo dicho –murmuró Alexei.

Al ver su expresión, se quedó desolada. Parecía desconcertado, como si hubiera esperado una cosa y hubiese encontrado otra.

–¿Decirte qué? ¿He hecho algo mal?

–Eres virgen –dijo él entonces. Y parecía enfadado.

La sorpresa dejo a Paige momentáneamente sin habla.

–No puede ser.

–Te lo aseguro, lo eres. Lo eras hasta hace un momento.

–Pero he estado con un hombre y... –Paige sintió

que le ardía la cara–. Bueno, la verdad es que apenas había empezado cuando todo terminó.

Y, aparentemente, eso significaba que Bob no la había desvirgado como ella creía.

La expresión de Alexei se volvió fiera de repente. Pero no le daba miedo, al contrario. Era intensa, decidida, como diciendo que no iba a rendirse hasta que hubiera terminado.

–Dios mío, Paige. Cuando creo que no puedes sorprenderme más...

Se apoderó de su boca y empezó a moverse adelante y atrás, posesivo, ardiente. Estaba pasando, estaban haciendo el amor de verdad... aquella noche no iba a terminar con una disculpa y una despedida.

Aprendió muy rápido a mover las caderas para encontrarse con él, a abrirse para él y a prologar el placer hasta el momento inevitable... pero sólo durante unos minutos porque Alexei era insaciable.

Cuando llegó al orgasmo de nuevo no pudo contener un grito y, vagamente, notó que Alexei caía sobre su pecho, jadeando. Unos segundos después se tumbó, llevándola con él hasta que quedó encima, sin apartarse, sin salirse de ella.

Y Paige supo que nada volvería a ser lo mismo a partir de ese momento.

Capítulo 7

NADA había ido como él esperaba y se preguntaba qué demonios le había pasado. Había perdido el control en cuanto la besó en el trineo, pero él no quería ir tan rápido.

Había querido que fuese una seducción lenta, tal vez incluso que durase unos días. Y había querido que Paige confiase en él antes de llevarla a la cama.

Había querido, canalla que era, hacerla creer que estaba enamorándose. Paige Barnes era la clase de mujer que debería estar comiendo de su mano.

Y, sin embargo, no era así.

Lo cual, paradójicamente, podría explicar la intensa atracción que sentía por ella. Era mucho más de lo que había esperado y cada momento que pasaban juntos aumentaba esa fascinación.

Pero era virgen. No había contado con eso y, de repente, sintió remordimientos. Paige le había confiado su virginidad y lo único que él pretendía era aprovecharse de ella.

Pero ¿cómo iba a saberlo? Apenas había notado cierta resistencia hasta que atravesó la barrera. Y se había quedado perplejo.

Con su dulce inocencia y su apasionada sexualidad, Paige le había dado la vuelta a la situación porque el contraste entre esas dos facetas lo fascinaba. Incluso antes de saber que seguía siendo virgen la había deseado como no recordaba haber deseado a ninguna otra mujer.

¿En su vida?

Alexei cerró los ojos. No, claro que no. No podía ser. Debía haber deseado a otra mujer de aquella manera. ¿Alina, la súper modelo, tal vez? Tenía las piernas más largas que había visto nunca.

Pero no. Alina era encantadora, nada más.

Hizo un recorrido por las mujeres de su vida, pero ninguna de ellas conjuraba recuerdos tan placenteros. Ninguna de ellas había despertado un deseo tan violento.

Tal vez era la emoción de hacer el amor con la secretaria de Chad Russell, de quitarle algo que su primo no había sido capaz de apreciar.

Pero no, tampoco era eso.

Paige estaba tumbada sobre él, respirando suavemente, y se dio cuenta de que se había quedado dormida. También él quería dormir un rato, pero no era capaz. Seguía dentro de ella, aún erecto, y necesitaba quitarse el preservativo.

Pero no quería moverse. Quería quedarse allí, saciado y contento, disfrutando del calor del cuerpo de Paige. Quería disfrutar de su compañía, por breve que fuera.

Paige sabía lo que era perder a su familia demasiado pronto, eso era algo que compartían. Otra razón por lo que todo lo que había ocurrido esa noche le parecía tan extraño. Normalmente, él no le contaba detalles de su familia a las mujeres con las que salía.

De hecho, no le contaba detalles de su familia a nadie. Había aprendido que la vida no era justa y que no se podía confiar en los demás porque nadie era lo que parecía; todo el mundo tenía una cara oculta.

Y la suya era arruinar a Chad Russell.

No se lo había dicho a Paige, por supuesto, pero sabía que había hablado más de lo que debería. Al contarle que su familia estaba en la cripta familiar había experimentado una sensación de soledad que tenía casi olvidada. En ese momento había querido abrirle su corazón, pero se había detenido a tiempo.

Paige le hacía recordar sueños que había olvidado, sentir remordimientos por cosas que no podía evitar si quería vengar a su familia. No había sitio para sentimientos, no había lugar para ternura de ningún tipo.

Una mirada al reloj de la mesilla le dijo que eran casi las doce. Unos minutos más y tendría que despertarla... aunque querría tenerla en su cama toda la noche, hacerle el amor al amanecer, perderse a sí mismo en ella.

Pero no lo haría. Cuanto antes regresaran a Moscú, mejor.

El sonido estridente de un teléfono despertó a Paige. A su lado, Alexei apartó el edredón y se levantó de la cama. El teléfono seguía en el bolsillo del pantalón pero consiguió contestar antes de que dejara de sonar.

–¿Sí?

Paige se sentó en la cama, su cuerpo protestando por el brusco movimiento. Era hora de volver a la realidad, pensó.

Y la realidad para ella no era un millonario desnudo paseando por una habitación llena de antigüedades y dando órdenes por teléfono en un idioma que no conocía.

Mientras él hablaba, aprovechó para saltar de la cama y recoger su ropa del suelo antes de entrar en el cuarto de baño...

Y tuvo que apoyarse en la puerta, incrédula. Otra habitación maravillosa, de cuento de hadas. Aunque por lo menos era moderna; además de una bañera con patas en forma de garra de león, tenía dos lavabos y una moderna ducha. Evidentemente, Alexei había modernizado el palacio Voronov.

Se preguntó entonces por qué su madre, su hermana y él habrían tenido que marcharse de allí. Debió ser terrible perder a su padre siendo tan joven y, además, perder su hogar. ¿Cómo había podido su madre sacar adelante a dos niños pequeños en esa situación?

Paige sintió una punzada de pena por la mujer cuyo cuerpo yacía en la cripta. Y por un hombre que parecía tan frío cuando hablaba de su familia y, sin embargo, estaba lleno de vida, de fuego. Un fuego que prácticamente los incineraba a los dos cada vez que se miraban.

Suspirando, dejó su ropa en una banqueta tapizada y abrió el grifo del lavabo para lavarse la cara...

Y dio un paso atrás al ver a la mujer que la miraba desde el espejo. ¿Ésa era ella?

Tenía los labios hinchados y un brillo lánguido, sensual en los ojos. Se le había corrido el rímel, pero no parecía una adolescente con resaca. No, tenía un aspecto... como de mujer fatal, de diosa del sexo.

Su piel brillaba y parecía feliz, guapa. ¿Eso era lo que la satisfacción sexual le hacía a una persona?

De ser así, se había perdido mucho.

Apenas podía creer que, técnicamente, hubiera seguido siendo virgen. Sentía un ligero escozor en la entrepierna, pero su corazón se ponía a saltar de alegría ante la idea de volver a hacer el amor...

En ese momento sonó un golpecito en la puerta.

–¿Sí?

–Tenemos que irnos –dijo Alexei–. El helicóptero está esperando.

Su tono era tan impersonal, tan frío que se le encogió el estómago. No sabía qué había esperado de esa noche, pero desde luego no había esperado esa indiferencia. ¿No acababan de compartir algo maravilloso? Y además de sus cuerpos ¿no habían compartido una parte de su alma también?

A ella se lo había parecido, especialmente cuando Alexei insistió en recordarle que había vivido para Emma hasta ese momento y era hora de parar. O cuando le contó, con un brillo de dolor en los ojos, que su familia estaba enterrada en la cripta del palacio.

–Salgo enseguida –contestó, entrando en la ducha a toda velocidad.

No le haría ver cuánto le había afectado aquel encuentro, cuánto había significado esa noche para ella. Alexei ya estaba portándose como si hubiera terminado y ella haría lo mismo. Era hora de volver al papel de extraños que recelaban el uno del otro.

Podía hacerlo y lo haría.

Después de ducharse, Paige se vistió a toda prisa. No había encontrado el elástico con el que se sujetaba la coleta, de modo que hizo lo que pudo con su pelo antes de abrir la puerta.

Alexei estaba en el centro de la habitación, vestido y hablando por el móvil de nuevo. Y cuando no la miró siquiera, a Paige se le encogió el corazón.

¿Qué había esperado? Ella sabía dónde se metía.

No la miró una sola vez mientras salían de la habitación y bajaban por la escalera. Paige sentía que le ardía la cara, pero por una razón bien diferente a cuando subieron unas horas antes. Entonces estaba emocionada, ahora se sentía como una prostituta que Alexei hubiera encontrado en la calle y de la que quisiera despedirse a toda prisa.

Paige levantó la barbilla, decidida a no demostrar cuánto le dolía su indiferencia. No había esperado una declaración de amor, pero pensó que al menos se portarían como dos personas que habían compartido un momento de intimidad.

Cuando metió las manos en los bolsillos del abrigo se dio cuenta de que había olvidado los guantes arriba, pero no iba a volver a por ellos.

Además, no había tiempo.

El hombre que los había recibido unas horas antes estaba esperando en la puerta y Alexei le dijo algo en ruso mientras la tomaba del brazo.

–Cuidado con los escalones, están resbaladizos.

Una vez a bordo del helicóptero, Paige miró por la ventanilla la fantasmagórica sombra del palacio Voronov, enorme y oscuro sobre la prístina nieve. Casi esperaba que el suelo se abriera de repente y se lo tragase, como un lugar sagrado que debiera desaparecer después de haber sido hallado por casualidad.

Veinte minutos después, subían al avión privado de Alexei, que había ido hablando por teléfono en el coche y en aquel momento estaba trabajando con su ordenador portátil.

Paige cerró los ojos. Era más de medianoche y, aunque no sabía cuáles eran los planes de Chad para el día siguiente, tenía que levantarse temprano por si acaso.

De repente, sintió remordimientos de conciencia. Se había arriesgado y lamentaba haberlo hecho porque el hombre por el que había arriesgado su trabajo la ignoraba por completo, como si no estuviera allí.

Eso le dolía y, sin embargo, lo había hecho con los

ojos bien abiertos. No podía culpar a nadie más que a sí misma.

Alexei apagó el ordenador en ese momento y le dijo algo a la azafata.

Un minuto después, Paige escuchó algo que parecía una detonación y, asustada, se incorporó en el asiento. Alguien había descorchado una botella de champán y Alexei le ofreció una copa con una sonrisa traviesa en los labios.

–*Madame* –murmuró.

Su rostro se había transformado de nuevo y a Paige el corazón le dio un vuelco. Era tan guapo, tan sexy. Y tan solitario, pensó entonces.

No. No sentiría empatía por alguien que se había portado tan mal con ella.

–¿Por qué brindamos? –le preguntó, con toda la frialdad de la que era capaz. Dos personas podían jugar al mismo juego, se dijo.

–Por el triunfo –respondió él.

Paige frunció el ceño.

–¿Qué quieres decir?

–Chad Russell está arruinado. Ésta era su última oportunidad de salvar la compañía –Alexei tomó un sorbo de champán–. Sus valedores han retirado la oferta.

Paige se llevó una mano al corazón. Chad estaría destrozado... y Emma también.

–Esto era un juego para ti, ¿verdad? Sólo fingías estar interesado en mí.

–No, no he fingido nada.

–Me has traído aquí para seducirme. Todo esto... la cena, el paseo en trineo...

–Sí, todo estaba preparado –la interrumpió Alexei– pero eso no significa que no haya disfrutado muchísimo.

Paige volvió la cara para no tener que mirarlo. Ella había creído que de verdad le gustaba... qué tonta había sido. ¿Desde cuándo un príncipe se interesaba por una vulgar secretaria?

Pero la belleza de lo que habían compartido, la intensidad de su respuesta... era mucho más de lo que había sentido nunca.

Y, sin embargo, él acababa de destrozar esos recuerdos.

–Vamos, Paige, no te hagas la ofendida. Esto es la guerra y tú lo sabes.

Ella hizo un esfuerzo para controlarse.

–Yo no soy como tú, yo no utilizo a la gente.

–¿Ah, no? Creo recordar que eras tú la que quería hacer el amor anoche, en mi apartamento –Alexei puso un dedo bajo su barbilla para mirarla a los ojos–. Querías utilizarme para olvidar lo que Chad te había hecho.

–Ya te dije que entre nosotros no había nada. Y Chad no me ha hecho nada.

–Pero tú querías que lo hiciera. Querías que te hiciera el amor.

–No –insistió Paige.

Y, sin embargo, era la verdad. Había querido que Chad le hiciese el amor pero ahora sabía que nunca habría sentido con él lo que había sentido con Alexei.

–Niégalo todo lo que quieras, pero los dos sabemos que es así.

–¿Por qué le odias tanto?

Los ojos de Alexei se ensombrecieron.

–¿Quién ha dicho nada de odiar? Esto es un negocio.

Paige sacudió la cabeza.

–No, es algo más que eso. Vi cómo lo mirabas en la sala de juntas.

–Tal vez deberías preguntarle a él –replicó Alexei.

Y Paige tuvo la impresión de que había dicho más de lo que quería con esa frase.

–No puedo hacerlo y tú lo sabes.

–Puedes hacer lo que quieras, *maya krasavitsa*. Pero a partir de mañana ya no trabajarás para Chad Russell.

–Tampoco trabajaré para ti –replicó ella.

–No seas tonta, Paige –dijo Alexei, levantándose–. Necesitas un sueldo.

No, no podría trabajar para Alexei Voronov. Después de una noche de locura, aquello era lo único sobre lo que iba a mantenerse firme.

–Prefiero fregar suelos antes que trabajar para un hombre al que odio.

Él se inclinó entonces, poniendo las manos sobre los brazos del asiento, y se apoderó de su boca en un beso dominante. Paige apretó los labios pero él siguió besándola hasta que tuvo que abrirlos para respirar y Alexei aprovechó la ocasión para deslizar sinuosamente su lengua, excitándola, haciendo que le devolviese la caricia.

Era un beso furioso, un beso de guerra, pero ardiente al mismo tiempo. Cuando se apartó, Paige vio que ella no era la única que se había quedado sin aliento. Los ojos de Alexei brillaban de deseo y tuvo que dar un paso atrás para calmarse.

Pero enseguida recuperó la compostura y, mirándola con frialdad, le espetó:

–Sí, Paige Barnes, está claro que me odias. Y si tuviéramos más tiempo, te demostraría cuánto.

Capítulo 8

Un mes más tarde...

Paige apagó el despertador, haciendo un esfuerzo para sentarse en la cama. Cada día parecía amanecer antes y durante las últimas dos semanas le costaba un mundo despertarse. Y no era el *jet lag*. Habían vuelto a Dallas un mes antes y el *jet lag* se le había pasado en unos días.

Pero estaba cada día más cansada, como si necesitara una descarga de cafeína en las venas para poder moverse. Tomaba varios cafés por la mañana, pero a mediodía ya estaba cansada de nuevo. Y cuando llegaba a casa, lo único que le apetecía era meterse en la cama.

Nada había sido igual desde que volvió de Rusia. Había encontrado trabajo en un bufete la semana anterior, gracias a Mavis, que también se había negado a trabajar para Alexei Voronov después de pasar tantos años con Chad y su padre. El sueldo no era tan bueno como en la empresa Russell, pero podría arreglárselas.

Paige encontró fuerzas para saltar de la cama y ponerse un albornoz, pero antes de ducharse necesitaba una taza de café.

–Qué mal aspecto tienes –dijo Emma cuando entró en la cocina.

–Gracias –murmuró Paige, irónica.

Su hermana tampoco estaba precisamente en su mejor momento, pero por una razón bien diferente. Desde que volvieron a Texas apenas había visto a Chad, que estaba en Alaska, haciendo negocios con unos amigos de su padre. Había puesto su fortuna personal en la compañía Russell y cuando la empresa se declaró en quiebra, también él tuvo que hacerlo.

De modo que la boda entre Emma y Chad había sido pospuesta y, en su opinión, no había visos de que fuese a tener lugar. Por eso oía llorar a Emma todas las noches en su habitación. Paige odiaba a Alexei Voronov por muchas razones, pero ésa era la principal.

Suspirando, tomó un sorbo de café, pero el sabor la hizo sentir arcadas y dejó la taza sobre la encimera.

–¿Qué haces despierta tan temprano?

Emma frunció el ceño.

–Tengo exámenes finales. ¿Qué te pasa, estás enferma?

Paige se llevó una mano al estómago. Llevaba semanas haciéndose esa pregunta.

–No lo sé.

–Estás muy pálida, deberías quedarte en casa.

–No puedo, soy nueva en el bufete y no quiero tener problemas.

–Pero no estás bien. Si quieres, yo llamaré a Mavis.

Paige hizo un gesto con la mano.

–No, por favor. Se me pasará en cuanto me duche.

Pero después de ducharse no se sentía mejor en absoluto, al contrario. Sentía náuseas y tuvo que inclinarse sobre el inodoro para vomitar.

Tal vez Emma tenía razón, tal vez era algún virus.

Paige se puso un pantalón oscuro y un jersey azul y se dirigió al bufete, sin desayunar. Pero la mañana fue una tortura. Intentó comer un donut que le había llevado Mavis pero, de nuevo, tuvo que ir al baño dos veces a vomitar, aunque no había comido nada.

Cuando volvió a su escritorio, Mavis la miró con cara de sorpresa.

–¿Qué te pasa? Estás muy pálida.

Paige se dejó caer sobre la silla, con una mano en el estómago.

–No lo sé. Debe ser una intoxicación alimentaria o algo así. Tengo el estómago fatal.

–Podría ser –asintió Mavis, colocándose un lápiz en el pelo– pero llevas unas semanas muy cansada y con mala cara. ¿Has vomitado?

–Desde esta mañana no paro de hacerlo.

–¿Qué síntomas tienes?

–Estoy muy cansada y me cuesta mucho levantarme de la cama.

Mavis hizo una mueca.

–No tendrás novio, ¿verdad?

Paige negó con la cabeza.

–Ya sabes que no. ¿Por qué lo dices?

–Porque si tuvieras novio te preguntaría cuándo fue la última vez que tuviste la regla y sugeriría que te hicieras una prueba de embarazo.

–¿Qué? –exclamó Paige.

–Pero como no puede ser eso porque no tienes novio –siguió Mavis– deberías ir al médico. Tal vez tengas la gripe o una de esas gastroenteritis que hay por ahí. Aunque me recuerdas a mi hija cuando se quedó embarazada de los gemelos. La pobre no podía comer nada y estaba todo el día en la cama.

Paige experimentó un escalofrío de aprensión. Pero

no podía ser. Alexei había usado preservativo y sólo lo habían hecho una vez. ¡Era imposible que estuviese embarazada!

Sin embargo, su cerebro trabajaba a toda velocidad haciendo las cuentas...

El teléfono sonó en ese momento y Mavis contestó, evitándole tener que seguir hablando del asunto. Mientras ella hablaba, Paige se quedó pensativa. No recordaba la última vez que tuvo el período, pero eso no significaba nada. Podría ser el estrés del viaje a Rusia, algún retraso sin importancia... sí, tenía que ser eso: estrés y un virus estomacal.

Aunque lo mejor sería comprobarlo porque la preocupación significaba más estrés. Y la única manera de solucionarlo era pasar por la farmacia para comprar una prueba de embarazo.

Paige intentó concentrarse en el trabajo, aunque no dejaba de darle vueltas a la cabeza. Afortunadamente, media hora después el señor Ramírez, uno de los socios del bufete, le dijo que podía irse a casa.

Media hora después se sentía un poco mejor, pero el paquetito que llevaba en el bolso podría cambiarlo todo.

Paige lo sacó, con el corazón acelerado. ¿De verdad era necesario? ¿Sería posible?

Cualquier cosa era posible, por supuesto. Y cuando la prueba diese negativo, pediría cita con su médico. Tal vez era alérgica a algo o había contraído un extraño virus en Rusia.

Veinte minutos después, y una vez leídas las indicaciones atentamente, las siguió al pie de la letra y, mientras esperaba, fue a la cocina porque tenía el estómago vacío.

Con un yogur en la mano, volvió al cuarto de baño

para revisar la prueba. Sólo había pasado un minuto, pero la ventanita digital ya tenía una respuesta.

La cuchara que tenía en la mano cayó en el lavabo y Paige tuvo que hacer un esfuerzo para sujetar el yogur.

Embarazada.

Nerviosa, tomó la barrita para mirarla de cerca. Tal vez había visto mal... pero no.

¡Estaba embarazada! Iba a tener un hijo con un príncipe ruso.

No le parecía real, no le parecía posible. Y, sin embargo, la prueba no mentía.

Paige pudo llegar al sofá antes de caer al suelo porque las piernas no la sostenían. ¿Qué iba a hacer?, se preguntó, llevándose una mano al abdomen. ¿De verdad había una vida dentro de ella? ¿Un hijo de Alexei?

Podría terminar con el embarazo y nadie lo sabría nunca. Podría gestar al bebé y darlo luego en adopción. O podría tener a su hijo.

Paige apretó las manos sobre su abdomen en un gesto posesivo. Sabía lo que iba a hacer, quería a aquel niño con una fuerza que la sorprendía. Tendría a su hijo y lo criaría sola. No sería fácil, especialmente ahora que su sueldo se había visto reducido, pero ella ya sabía lo difícil que era. Ya sabía lo que era trabajar a todas horas para criar a un niño porque lo había hecho con su hermana.

No sería fácil, pero se acostumbraría.

Pero ¿y Alexei?

Paige se mordió los labios. ¿Debía ponerse en contacto con él? No, Alexei era un hombre frío y cruel que había fingido ser algo que no era.

Había fingido ser solícito, amable y había fingido

un interés por ella que en realidad no sentía con el propósito de sacarle información sobre la empresa Russell. Cuando ya no necesitaba esa información la había descartado como si fuera un estorbo y no había vuelto a ponerse en contacto con ella desde entonces.

Alexei había encontrado a Emma cuando estaba en la habitación de Chad, de modo que si hubiera querido encontrarla a ella en Dallas lo habría hecho. Pero, sencillamente, no quería encontrarla.

De hecho, aunque le dolía reconocerlo, probablemente no había vuelto a pensar en ella. Desde que la dejó en la puerta del hotel, la había borrado de su mente.

Lo sabía porque había visto una fotografía de Alexei en un reciente estreno de Hollywood. Iba con una actriz guapísima que se agarraba a su brazo y le sonreía como si fuera el centro del universo.

Paige experimentó una punzada de celos que intentó controlar de inmediato. La actriz descubriría pronto lo cruel que podía ser el príncipe Voronov. Era uno de los hombres más deseados del mundo, pero sólo para quien no lo conocía.

Y cuando pensó en su hermana, su odio por Alexei aumentó.

No, no se pondría en contacto con él. Alexei había dejado claro lo que pensaba sobre esa noche. Era algo que ya había olvidado y era ella quien tendría que lidiar con las consecuencias.

Alexei se decía a sí mismo que, sencillamente, quería devolverle los guantes que había olvidado en el palacio. Y el abrigo, el pañuelo y el gorro de piel que había dejado en el hotel dentro de una bolsa, con órdenes de que la llevaran a su oficina.

Debería haberlo esperado. Paige era orgullosa y obstinada y era previsible que hubiera querido decir la última palabra.

Se preguntó entonces por qué había conservado los guantes. Los había encontrado el fin de semana siguiente, sobre la mesilla de la habitación, donde alguna criada debía haberlos dejado porque recordaba perfectamente que Paige se los había quitado para tocarlo.

Alexei cerró los ojos. Para tocarlo...

Esa noche, en el palacio, le había hecho el amor con una intensidad que lo dejó sorprendido.

Y no había vuelto a estar con una mujer desde entonces. Había pensado hacerlo, incluso había salido con una preciosa actriz recientemente, pero la noche terminó cuando la llevó a su casa y se despidió con un casto beso en la puerta.

Sencillamente, no lo excitaba como Paige.

Paige Barnes, que llevaba gafas y trajes aburridos y que lo había besado como si necesitara sus caricias para respirar.

Había querido volver a verla y ya que estaba en Dallas para explorar su reciente adquisición, no tendría que esperar más. La vería y le devolvería el maldito abrigo.

La empresa Russell era suya por fin y, aunque había pensado que sentiría un gran placer al entrar en las lujosas oficinas como propietario, no había sido tan dulce como esperaba. Por un momento, mientras estaba en el despacho en el que Tim Russell le había negado su ayuda, se sintió más vacío que nunca.

¿Por qué?

La limusina que había contratado lo llevó a su hotel, a las afueras de la ciudad, en una zona residencial con grandes mansiones y jardines bien cuidados.

Paige había mantenido su palabra y se había ido de la empresa, pero sabía que trabajaba en un bufete y que a aquella hora estaría en su casa. Había pensado ir a verla a la oficina, pero decidió que sería mejor hacerlo en privado.

¿Qué diría cuando volviese a verlo? ¿Volvería a ver un brillo de deseo en sus ojos o lo miraría con odio? Quería lo primero y esperaba, por ella, que fuese lo último.

Porque, aunque no debería, seguía deseándola como loco. Y aunque acostarse con ella sería placentero, no tenía más que darle y no le arrebataría nada más... aunque no hubiese podido evitar llevarle el abrigo en persona.

Por fin, el coche se detuvo frente a una casa de piedra marrón con un porche cubierto. Era una casita agradable y el jardín parecía bien cuidado.

Alexei tomó la bolsa y llamó al timbre. Había una mujer de pelo gris en el porche de la casa de al lado, mirándolo fijamente. Cuando le sonrió, ella entró en la casa a toda prisa. Aunque no le pasó desapercibido que seguía fisgoneando desde la ventana.

Y, por fin, la puerta se abrió. Alexei no sabía lo que había esperado que ocurriera cuando volviese a verla, pero desde luego lo que no había imaginado era sentir aquella pulsación en la entrepierna.

–Hola, Paige –la saludó, mirándola de arriba abajo.

Llevaba un pantalón corto que dejaba al descubierto sus bien torneadas piernas y un top que se ajustaba a sus generosos pechos. Su pelo oscuro estaba sujeto en la típica coleta... y no parecía precisamente contenta de verlo.

–¿Qué haces aquí? –le espetó ella.

Alexei levantó la bolsa.

–Devolverte tu abrigo.

Paige se agarró al quicio de la puerta.

–No lo quiero, príncipe Voronov. Gracias por venir, pero márchese, por favor.

–Qué formal... considerando lo que ha habido entre nosotros.

Le encantó ver que se ponía colorada. Tan sensual, tan inocente a la vez. Eso era lo que recordaba, lo que anhelaba.

–Yo... –de repente, el rostro de Paige se volvió de una tonalidad casi verdosa–. Perdona... –fue lo único que pudo decir antes de entrar corriendo en la casa.

Alexei cerró la puerta y, dejando la bolsa sobre una silla, la siguió hasta el baño, donde la encontró vomitando.

–¿Qué te pasa, estás enferma? ¿Quieres que llame a un médico?

–No –respondió ella desde el otro lado–. Me sentiré mejor cuando te vayas, así que vete. ¡Y llévate el abrigo!

–Como tú quieras –dijo Alexei. Aunque no tenía la menor intención de hacerlo.

En lugar de eso, entró en la cocina y se sentó en un taburete. Desde allí se veía el cuarto de estar con un enorme sofá, un par de sillones y un televisor. No era suntuoso pero sí hogareño, acogedor.

Tras la muerte de su padre, él había vivido en una casa no mucho más grande que aquella. Lo único que heredaron fue una pequeña cantidad de dinero y una finca que todo el mundo pensaba que no valía nada. Pero a él le encantaba esa finca de niño. No tenían mucho dinero, pero Katerina y él jugaban durante horas en el bosque, por el que pasaba un riachuelo. Nadaban, correteaban y se subían a los árboles como monos...

Eran muy felices. A los niños les daba igual que hubiese dinero en la casa mientras tuvieran comida en la mesa y alguien que los quisiera de verdad.

Más que nada, Alexei soñaba con devolverle a su madre el estilo de vida que había disfrutado cuando era la princesa Voronov. Y había trabajado sin descanso para conseguirlo, pero el éxito le llegó demasiado tarde.

Había recuperado el palacio familiar y otras casas en varios países, pero en ninguna de ellas tenía la sensación de estar en su hogar, esa sensación que recordaba de la infancia. En aquella casa, sin embargo, sí experimentaba esa sensación.

Un hogar era algo más que un montón de ladrillos y muebles, era una sensación indefinible. Alexei anhelaba tenerlo y, sin embargo, era algo que la vida le había negado durante muchos años.

Y que seguiría negándole, pero ya estaba acostumbrado. Cuando a uno no le importaba nada ni nadie, cuando no se tenía una sensación de hogar, no te lo podían arrebatar. Y él sabía por experiencia que era mejor así.

La puerta del baño se abrió y Paige salió al pasillo, tambaleándose. Pero al verlo, se quedó inmóvil.

–Has dicho que te ibas.

–He mentido.

Paige entró en la cocina y sacó de la nevera una botella de agua mineral.

–Eso se te da bien, ¿verdad?

–Yo nunca te he mentido.

–No, sencillamente no me contaste la verdad –dijo ella, antes de tomar un sorbo de agua.

–En realidad, sí lo hice. Te dije por qué querría tenerte cerca si trabajaras para mí.

–Ésa no era la verdad –replicó Paige, haciendo una mueca de desdén–. La verdad era: Paige, no me siento atraído por ti, pero quiero que lo creas y así me contarás los secretos de Chad Russell. Y luego le robaré la empresa y os dejaré a todos sin trabajo.

En sus ojos oscuros veía la rabia y el odio que había esperado. ¿Pero el miedo?

¿Por qué le tenía miedo?

–Yo no he robado nada –Alexei suspiró–. Lo que hice fue comprar una compañía. Y la atracción que sentía por ti no era una mentira.

Paige se llevó una mano a la frente.

–Muy bien, no robaste nada y de verdad te sentías atraído por mí. Te creo –le dijo–. Y ahora, por favor, ¿te importaría marcharte?

Alexei frunció el ceño.

–Deberías sentarte.

–Lo haré cuando te vayas.

–No voy a irme ahora mismo. Ven, siéntate en el sofá.

Paige lo miró, con los ojos muy abiertos.

–No lo puedes evitar, ¿verdad? Chascas los dedos y esperas que todo el mundo haga lo que tú quieres. Pues lo siento, pero ésta es mi casa y si no te marchas llamaré a la policía.

–Si te sientas, me iré –dijo Alexei. La amenaza de llamar a la policía no significaba nada para él, pero estaba claro que su presencia la alteraba.

Había hecho lo que tenía que hacer y no había razón alguna para quedarse. No había nada para él allí, nada para ninguno de los dos.

–Muy bien, de acuerdo –Paige entró en el salón y se dejó caer en el sofá–. Ya puedes irte.

–Necesitas un médico –dijo Alexei, preocupado al ver que seguía muy pálida.

–Estoy bien. He tenido la gripe últimamente, pero me estoy recuperando.

–Entonces, me marcho. He dejado el abrigo y lo demás en la entrada. Haz lo que quieras con todo eso, pero no me lo devuelvas.

El teléfono empezó a sonar entonces pero Paige, pálida y con los ojos cerrados, no se levantó para contestar. Alexei no quería marcharse, pero ella no lo quería allí...

Cuando se volvía hacia la puerta saltó el contestador y en cuanto la persona que llamaba empezó a hablar, Paige se levantó del sofá.

Pero no fue lo bastante rápida.

–Llamo de la consulta del doctor Fitzgerald para confirmar la ecografía de mañana. Tiene que traer...

Paige sentía que le daba vueltas la cabeza cuando colgó el teléfono. No había pensado que fueran a llamarla de la consulta del ginecólogo para recordarle una cita que había hecho el día anterior. ¿De verdad creían que iba a olvidarla?

Cuando levantó la mirada, sabía lo que iba a ver y lo temía al mismo tiempo.

Alexei tenía los ojos brillantes, el ceño fruncido.

–¿Por qué vas a hacerte una ecografía? –le preguntó con un tono helado que la hizo sentir un escalofrío.

Podría mentir, pero no se le ocurría una sola razón para hacerse una ecografía, aparte de un embarazo. Sabía que debía haber otras razones, pero en aquel momento tenía la mente en blanco.

–¿Por qué suelen hacerse ecografías las mujeres, príncipe Voronov?

¿Qué importaba que se lo dijera? La había seducido para conseguir información, sin pensar para nada en sus sentimientos. ¿Por qué iba a importarle un niño?

–No puedes estar embarazada.

Menudo arrogante.

–¿Por qué no? ¿Porque eso no era parte del plan? Pues te aseguro que puedo. Pero no te preocupes, no espero nada de ti.

Alexei permaneció en silencio durante un minuto.

–Estás mintiendo –dijo por fin–. No puedes estar embarazada.... usé preservativo.

Paige lo miró, desafiante.

–Por supuesto que no puedo, porque el gran príncipe Voronov ha decidido que es imposible. Haz el favor de marcharte, no te necesitamos.

En ese momento experimentó una oleada de náuseas. Intentó disimular, hacerse la fuerte para que se fuera. Pero, por su expresión, no estaba funcionando.

–¿Qué ocurre? Dime qué te pasa.

Paige intentó apartarse, pero Alexei la sujetó del brazo.

–Estoy embarazada, maldita sea. ¡Y si no me sueltas en este mismo instante, te vomitaré en el traje!

Él la soltó por fin y Paige corrió al cuarto de baño. Le habría gustado cerrar la puerta, pero no tenía fuerzas para hacerlo.

Notó que Alexei se sujetaba el pelo mientras se inclinaba sobre el inodoro para vomitar. Agradecía el gesto, debía admitir, pero al mismo tiempo le daba miedo porque le recordaba al Alexei que le había llevado a dar un paseo en la *troika*, el hombre que le había hablado de su familia con ese brillo de tristeza en los ojos. El Alexei amable, al que hubiese amado si fuera real y no una mentira.

Pero ¿no era parte de él ese otro Alexei?

No, no debía pensar eso.

Sólo quería que se fuera y no volviese nunca para no recordar. Había sido su primer amante de verdad y esa noche había sido mágica, preciosa...

Pero todo era mentira. Alexei había arruinado a Chad, había arruinado la felicidad de Emma y lo odiaba por ello. ¿Por qué pensaba en él sintiendo algo que no fuese desprecio?

Porque era el padre de su hijo y sentía una conexión con él. Una conexión profunda, misteriosa, que los uniría para siempre.

Pero ¿por qué él precisamente?, se preguntó.

Cuando terminó de vomitar, Alexei la ayudó a incorporarse y la tomó en brazos para llevarla al sofá. Paige no esperaba nada pero debía admitir que se sentía aliviada al haberle contado la verdad. Había hecho lo que debía y, al menos, su madre estaría orgullosa de ella.

Aunque Emma seguramente no volvería a dirigirle la palabra. Desde que descubrió que estaba embarazada el día anterior había temido contárselo a su hermana. No quería revelarle quién era el padre, pero temía no poder ocultarlo.

–Necesitas un médico –dijo Alexei, sacando el móvil del bolsillo.

–No me pasa nada, las mujeres embarazadas tienen náuseas, es normal.

–Necesitarás un médico en el avión.

Campanitas de alarma empezaron a sonar en su cabeza.

–¿Qué avión? –preguntó Paige–. Yo no pienso ir a

ningún sitio. Emma está a punto de llegar y pensábamos ver una película esta noche...

–Me marcho a San Petersburgo en dos días –dijo Alexei, inexpresivo–. Y tú vendrás conmigo.

Paige intentó levantarse, pero volvió a sentir una ola de náuseas.

–Yo no pienso ir a ningún sitio contigo. Mi vida está aquí, en Dallas.

–No, ya no. Si ese niño es hijo mío, tu vida está conmigo.

Capítulo 9

EL PALACIO Voronov estaba exactamente como lo recordaba, tal vez más hermoso aún ahora que había llegado la primavera.

Había pensado que jamás volvería a aquel sitio y mucho menos como señora de la casa...

Paige miró el solitario de diamantes que llevaba en el dedo y se le encogió el estómago.

Estaba casada. Con un príncipe.

Y todo en aquel matrimonio era un error.

Dejó que Alexei la ayudase a bajar del helicóptero pero se apartó en cuanto pudo. Y él no mostró la menor emoción ante ese gesto de desafío. Se portaba así desde el momento en que le informó de que iría a Rusia con él.

Paige lo había amenazado con llamar a la policía, lo había amenazado con un buen número de gestos vacíos pero Alexei se había encogido de hombros, como si no lo asustaran en absoluto.

Y así era. El poderoso príncipe Voronov haría lo que tuviese que hacer, incluyendo organizar su vida como si tuviera derecho a hacerlo.

Paige estaba decidida a negarse, pero Alexei interrumpió sus protestas con una simple promesa: él cuidaría de Emma. Su universidad estaría pagada y le compraría un apartamento o la casa en la que vivían, si lo prefería. Y no tendría que volver a preocuparse por el dinero en toda su vida.

Y ella había sabido cuál sería su respuesta desde el momento que hizo esa promesa. Se decía a sí misma que había aceptado porque temía la alternativa: Alexei podía ser implacable cuando quería algo. Sólo tenía que pensar en lo que le había pasado a Chad Russell para saber que era cierto.

Mientras viviera, jamás olvidaría la expresión horrorizada de Emma cuando le contó lo que pasaba. Su hermana empezó a llorar, diciendo que tenía que ser una broma, que jamás habría esperado que se acostase con el enemigo de Chad...

Y cuando se encerró en su habitación, negándose a escucharla, Paige se volvió hacia Alexei, con los ojos llenos de lágrimas, y le preguntó si estaba satisfecho.

Pero él se limitó a mirarla con esos fríos ojos grises, sin decir una palabra.

Los dos días siguientes habían sido un torbellino de actividad. Alexei la llevó a una clínica privada para que le hiciesen una ecografía esa misma tarde, mirando el monitor como si estuviera buscando el secreto de la juventud eterna o algo igualmente precioso.

Paige no sabía que pudiera emocionarse al ver algo tan pequeño y que de ningún modo parecía un bebé, pero así fue. Se había sentido maravillada. No quería mirar a Alexei, de modo que se concentró en la pantalla y al ver la manchita sus ojos se llenaron de lágrimas. Debería estar allí con un hombre que la amase en lugar de con un frío extraño...

–Es un embarazo de seis semanas y unos tres días –dijo el auxiliar.

Alexei le preguntó si estaba seguro y el hombre le

explicó que los embarazos se contaban desde la última menstruación y no desde la fecha de la concepción.

Y Paige pensó que iba a morirse de vergüenza. Lo había preguntado como si no creyera que él era el padre del niño, por eso el auxiliar se había visto obligado a darle tantas explicaciones.

Lo que debería haber sido un momento hermoso había quedado arruinado por completo.

Sin embargo, Alexei la ayudó a levantarse de la camilla y la llevó del brazo hasta el coche, el calor de su mano atravesando la ropa y haciéndola sentir un cosquilleo.

Pero era absurdo. ¿Cómo iba a desear cariño y consuelo del hombre que se lo había robado todo? Ella estaba satisfecha con su vida cuando lo conoció y Alexei le había robado su casa, a su hermana, su trabajo...

Su vida nunca volvería a ser la misma, pero lo soportaría por el bien del niño.

En la puerta del palacio los recibió el mismo hombre que los había recibido aquella noche. Alexei intercambió unas palabras con él y luego se volvió hacia Paige.

–Vasily está preparando tu habitación. Si quieres esperar en el cuarto de estar, vendrá a buscarte cuando todo esté listo.

Paige asintió con la cabeza. Le sorprendía que no compartiesen habitación, pero en realidad era un alivio. ¿Cómo iba a compartir cama con él? En el ayuntamiento de San Petersburgo, mientras se casaban, no dejaba de recordar imágenes de la noche que habían pasado juntos...

Pero estaba decidida a decir que no cuando llegase el momento porque jamás imaginó que no llegaría.

Alexei se mostraba frío con ella. Claro que, considerando lo impersonal que había sido la ceremonia, debería haberlo imaginado. En lugar de una iglesia llena de flores, parientes y amigos, se habían casado en una oficina y la ceremonia la había oficiado un funcionario que hablaba en ruso.

–Quiero saber qué va a pasar ahora.

¿Era su mujer de verdad? ¿Iban a vivir como una pareja o la dejaría allí y seguiría con su vida? Había tantas cosas que no sabía, tantas preocupaciones. Se sentía muy lejos de casa, fuera de su elemento, como si le hubiesen robado su vida.

–Te servirán el almuerzo cuando tú digas.

–No me refiero a eso y tú lo sabes.

–Sí, pero yo tengo que irme a una reunión. Hicimos un pacto, Paige. Si te resulta difícil cumplirlo...

–No me resulta difícil cumplirlo –lo interrumpió ella–. Sé perfectamente de lo que eres capaz, príncipe Voronov. ¿Cómo no voy a saberlo?

–¿Y qué significa eso? ¿Es que no estoy siendo amable contigo? ¿Te he abandonado al saber que ibas a tener un hijo mío?

–Yo no necesito nada de ti. Podría haber criado a mi hijo sola sin ningún problema.

Por primera vez desde que llegaron allí, una sombra de emoción cruzó las facciones de Alexei.

–Ah, claro, no pensabas decirme nada sobre nuestro hijo, ¿verdad? Habrías dejado que creciese sin conocer a su padre cuando yo puedo darle mucho más de lo que tú podrías darle nunca.

–¿Qué puedes darle tu, Alexei? –lo retó ella–. ¿Dinero, propiedades? ¿Crees que eso es suficiente para un niño? Además, pensé que no te interesaría –añadió, antes de que pudiese interrumpirla.

–Pues entonces está claro que no me conoces –dijo Alexei.

A Paige se le encogió el corazón al ver la emoción que había detrás de esas palabras.

–No sé nada sobre ti, es cierto. Pero me gustaría saberlo.

Le sorprendía darse cuenta de que era verdad. Alexei era el padre de su hijo, su marido, y quería conocerlo. Una vez habían compartido una noche maravillosa...

Aunque todo hubiera sido un engaño con consecuencias inesperadas, debían aprender a olvidar su animosidad por el niño.

Pero, sin decir nada, Alexei se dio la vuelta y desapareció.

Alexei sentía como si hubiera perdido el control de su vida. Había ido a Texas para examinar su nueva adquisición y había vuelto con una esposa.

Una esposa.

Y no sólo una esposa. Desde el momento que escuchó la voz de la enfermera hablando de la ecografía había sabido lo que le esperaba.

Paige era virgen cuando se acostaron, pero estaba embarazada.

Alexei había repasado esa noche en su cabeza muchas veces hasta que, por fin, recordó la única cosa que había intentado olvidar. Se había quedado dormido dentro de ella y cuando despertó el preservativo se había salido. No había que ser un genio para saber cómo había quedado embarazada y tendría que pagar las consecuencias.

Angustiado, enterró la cara entre las manos. No podía concentrarse en los números que tenía delante...

Él no quería una esposa, no quería un hijo. Había perdido a la gente que amaba y no había sitio en su vida para nadie más. No era un riesgo que quisiera asumir.

Pero sentía un deseo protector hacia el bebé.

Y hacia ella.

Quería tomarla entre sus brazos y decirle que todo iba a salir bien...

Pero no saldría bien.

¿Cómo iba a decirle que sí? Le había dicho lo mismo a Katerina y, sin embargo, los dos sabían que estaba mintiendo. No volvería a hacerlo. No volvería a arriesgar su corazón para que la vida lo pisotease. Era más fácil estar solo. Él sabía estar solo.

No sabía cómo ser el marido o el padre de nadie.

Entonces ¿por qué no la había dejado en Dallas?

No sabía por qué, salvo que no había podido hacerlo. Paige esperaba un hijo y, en realidad, el embarazo era culpa suya.

Pensó entonces en su familia, en el apellido Voronov. Había creído que desaparecería con él, pero el embarazo de Paige lo cambiaba todo.

Durante el largo viaje de vuelta a Rusia, cuando Paige se tumbó en la cama, había querido tumbarse a su lado, protegerla con sus brazos, poner la mano sobre su abdomen...

Quería respirar su aroma a verano y dormir a su lado, pero no había hecho nada de eso, aunque el impulso era abrumador.

¿Qué le estaba pasando? ¿Cómo podía dejar que una mujer lo afectase de esa manera?

Alexei se levantó, enfadado consigo mismo. Sólo había una respuesta: tenía que marcharse. Tenía que irse a algún sitio y dejar a Paige en el palacio, donde estaría a salvo.

Pero él estaría en otro sitio, dirigiendo sus negocios y levantando un imperio. La visitaría de vez en cuando, pero no se quedaría. Y no volvería a tocarla.

Porque temía que si la tocaba, no podría parar.

–Tengo que volver a Moscú por un asunto de negocios.

Paige levantó la cabeza. Estaba sentada sobre un banco de piedra en el jardín, a la sombra de un árbol. Era un sitio precioso, lleno de paz, los rosales perfumando el ambiente.

Era un panorama muy distinto al que había visto la primera vez que estuvo allí. Ya no era una postal navideña sino un maravilloso paisaje primaveral. Pero hacía fresco y, acostumbrada a un clima más cálido, empezaba a tener frío a pesar del jersey.

–Hola, Alexei.

Él la miraba, con las manos en los bolsillos del pantalón, con una expresión indescifrable. Y el corazón de Paige redobló sus latidos, como le pasaba siempre. Por mucho que lo intentase, no podía dejar de recordar la noche que le quitó la camisa para pasar los dedos por su duro torso...

–Estaré fuera unos días, pero aquí tendrás todo lo que necesites. Y si no, sólo tienes que decírselo a Vasily y él se encargará de conseguirlo.

–¿Te marchas? ¿Tan pronto?

Había imaginado que tendría que salir de viaje alguna vez, pero no el mismo día de su llegada. Él era la única persona a la que conocía en aquel país. ¿Cómo podía dejarla cuando aquella situación era tan nueva para ella? ¿Con quién podría hablar? ¿Qué haría durante todo el día?

Ella estaba acostumbrada a trabajar, a cuidar de sí misma. ¿Cómo iba a quedarse de brazos cruzados?

Sentía como si estuviera ahogándose. Había dejado una vida en la que se veía obligada a cuidar de su hermana para vivir otra donde estaba a merced de los caprichos de un hombre. Un hombre que no la querría si no estuviera esperando un hijo suyo. Su independencia le había sido robada por aquel hombre enigmático...

Y ahora se marchaba, como si no le importase en absoluto.

Alexei se encogió de hombros.

–Tengo que atender mis negocios.

–¿Y no puedes trabajar desde casa durante unos días? –le preguntó ella–. Acabamos de llegar.

Alexei frunció el ceño.

–Tú no puedes entender las presiones que sufro a diario.

–¿Ah, no? Trabajé para Chad Russell durante dos años, así que entiendo las presiones que sufre el director de una gran empresa.

–Pero no las de uno bueno –replicó él, irónico.

Paige apretó los dientes.

–Chad siempre se portó bien conmigo, me pagaba estupendamente y quiere a mi hermana.

–Ah, veo que has olvidado cómo te trató.

–¿Cómo me trató? –repitió Paige, levantándose–. Chad nunca me trató mal, al contrario. De hecho, me trató mucho mejor que tú.

–Te mintió sobre su relación con tu hermana. De hecho, creo recordar que los dos te mintieron. Y tú te pusiste en peligro por culpa de esa mentira.

–No me engañaron, sencillamente querían ser discretos sobre su relación. Y ellos no sabían que yo saldría del hotel esa noche –respondió Paige.

–Olvidas que yo tuve que ayudarte. Pero, por supuesto, soy yo quien te ha tratado mal.

–Te di las gracias por ayudarme esa noche, pero tú no has hecho nada con buena intención hacia mí desde entonces. Has hecho sólo lo que era mejor para ti.

–¿Crees que casarme contigo es lo mejor para mí? ¿Que traerte aquí es lo que quería hacer? –le espetó Alexei entonces.

Fue como si le clavara un puñal en el corazón. Paige sabía que no la quería, pero escucharlo de sus propios labios...

–Tú tomaste esa decisión, Alexei, no yo. Si tanto lo lamentas, ¿por qué no me envías de vuelta a casa? Eso es lo que a mí me gustaría.

–Ya estás en casa –dijo él–. Por el niño, estás donde debes estar.

Paige cruzó los brazos sobre el pecho.

–A veces desearía no haberte conocido nunca.

–Es demasiado tarde para eso. Debemos lidiar con las consecuencias de nuestros actos como podamos.

–¿Las consecuencias de nuestros actos? ¿Es eso lo que piensas de tu hijo?

También ella lo había pensado, si debía ser sincera, pero Alexei lo había dicho con tal frialdad, sin la menor emoción.

–El niño es una consecuencia, ¿no?

–Podría ser una niña –le recordó Paige.

–No importa, niño o niña será un Voronov y lo protegeré hasta mi último aliento.

Paige se estremeció. No de miedo sino porque creía que lo decía de corazón. Alexei no dejaría que nada le pasara a su hijo porque era un hombre honorable.

Pero no era honorable en todo y eso era lo que no entendía.

–Quiero saber por qué destruiste la empresa de Chad Russell. Quiero entenderlo.

Necesitaba entenderlo porque si no lo hacía, el sentimiento de culpa por lo que había hecho se la comería viva. ¿Cómo podía ser su mujer si se sentía culpable cada vez que se excitaba estando a su lado?

Pensó que Alexei no iba a responder o que le diría que era un simple asunto de negocios. Lo había hecho más veces.

Pero en los ojos grises de su marido había un brillo extraño, como si estuviera mirando algo lejano, algo que ella no podía ver.

–Tim Russell destruyó a mi familia. Se lo llevó todo y no paró hasta dejarnos sin nada.

Capítulo 10

PAIGE sintió que se le doblaban las rodillas y tuvo que dejarse caer en el banco de nuevo. Alexei estaba pálido, con los ojos brillantes, y se le encogía el corazón al verlo así.

Pero ¿y si se equivocaba? ¿Y si el padre de Chad no había querido destrozar a su familia?

Claro que era absurdo. ¿Cómo iba a equivocarse sobre algo así?

–Lo siento –le dijo, porque no sabía qué decir.

Él se volvió para mirar hacia el jardín.

–Mi tía era bailarina del ballet Bolshoi. Conoció a Tim Russell cuando estaba de gira por Estados Unidos con la compañía y se casaron poco después.

Paige no hubiera podido moverse aunque quisiera. ¿La tía de Alexei había estado casada con el padre de Chad?

–Pero eso significa...

–Que Chad es mi primo, sí.

–Yo conocí a su madre, pero no sabía que fuera rusa.

Y Chad nunca había mencionado su parentesco con Alexei. ¿Por qué no?, se preguntó.

Claro que ella sólo era una empleada y tal vez era lógico que no le hubiese contado un detalle tan personal sobre su vida. Pero para entonces ya tenía una relación con su hermana...

¿Saber eso habría cambiado lo que sentía por Alexei? ¿Habría hecho que fuese más cauta cuando mostró interés por ella? Tal vez entonces hubiera imaginado lo brutal que era la pelea y se habría mantenido al margen.

Pero no era una excusa válida, se dijo a sí misma. Ella sabía que Chad y Alexei eran rivales y, sin embargo, se había dejado seducir por él.

–¿Nunca te preguntaste dónde había aprendido ruso? –le preguntó Alexei entonces.

–Pensé que lo habría estudiado en la universidad.

–Lo aprendió de su madre, como aprendió de ella a odiarnos.

–Pero ¿por qué odiaba a tu familia? –le preguntó Paige. La madre de Chad le había parecido un poco estirada, un poco reservada, pero no la creía capaz de odiar de ese modo.

–La familia de mi padre creía que mi madre era demasiado humilde para llevar el título de princesa y su matrimonio con ella provocó una pelea familiar. Cuando mi padre murió, fue mi abuela quien nos echó de aquí. No debería haber podido hacerlo, pero conocía a mucha gente y tenía muchas influencias... y mi madre no.

Paige estaba sorprendida. ¿Cómo podía haber echado a sus nietos de la casa en la que habían crecido? Era monstruoso.

–¿Y qué hizo el padre de Chad?

–Elena, su esposa, sugirió que le comprase a mi madre la finca que había heredado de mi padre, lo único que teníamos. Russell le hizo promesas a cambio de que se las vendiera pero, por supuesto, no las cumplió.

–Pero os pagaría por las tierras.

–Pagó mucho menos de lo que valían. Y cuando encontró petróleo se negó a compartir los beneficios con mi madre, de modo que terminamos con las manos vacías.

Paige asintió con la cabeza, pensativa. Entendía que odiase a Tim Russell, pero después de haber recuperado el patrimonio familiar, ¿de verdad era tan importante vengarse por lo que pasó tantos años atrás? En cualquier caso, Chad no le había hecho nada.

–Creo que entiendo por qué querías adquirir la empresa Russell, pero Tim Russell murió hace años. ¿No podríais dejar atrás el pasado? Al fin y al cabo, Chad y tú sois parientes.

–*Nyet* –replicó Alexei–. Chad y su madre no son nada para mí.

¿Por qué estaba recordando cosas que siempre había querido olvidar? Él nunca compartía los detalles de su vida con nadie.

Y ahora, sin embargo, estaba abriéndole su corazón a Paige. ¿Qué le estaba pasando? Había ido a decirle que se marchaba porque no quería hacerlo sin despedirse.

Pero en aquel momento desearía haberlo hecho.

Paige no lo entendía, no podía entenderlo. Y si le hablase de Katerina seguramente se pondría a llorar y le echaría los brazos al cuello...

Pero no lo haría. No podría soportar que lo tocase.

Además, no podía hablar de Katerina y no quería contarle a nadie lo que había sufrido. Nadie sabía que había ido a Dallas a suplicar por su vida. Nadie sabía que Tim Russell se había reído en su cara antes de echarlo de su oficina. Había sido tan humillante que no se lo contó a nadie.

Y no iba a hacerlo nunca.

–No es tan sencillo –se oyó decir a sí mismo.

–Pero ¿qué te ha hecho Chad? –insistió Paige, como si quisiera hacer de mediadora entre los dos. Era tan típico de ella que se habría reído si no fuera porque estaba a punto de explotar.

–Chad heredó el odio de su padre hacia mí, además de la empresa Russell. Te aseguro que si hubiera sido él quien logró firmar el contrato con Valishnikov, la situación sería la misma pero al revés.

–No lo dudo, pero no tiene por qué ser así. Dos no discuten si uno no quiere. Sólo tendrías que hablar con él...

–¡No sigas! –la interrumpió Alexei–. No todo se puede cambiar ni tiene por qué cambiar.

No le gustaba cómo lo miraba. Sus preciosos ojos oscuros parecían tan tristes y decepcionados que, de nuevo, lo hacía sentir como un oso dispuesto a devorarla entera. Y eso lo enfurecía porque tal vez no había sido completamente sincero con ella, pero nunca había querido hacerle daño.

–No sabes de lo que estás hablando –siguió–. Crees que todo es muy sencillo, que una vida entera de odio puede resolverse con una simple conversación. Crees que debo olvidar y perdonar, que tengo que hacerme amigo de Chad y Elena porque compartimos el mismo ADN.

–Yo no he dicho eso –protestó Paige–. Pero no entiendo por qué no hablas con ellos al menos. Alguien tiene que dar el primer paso.

–No seré yo. No los necesito, no necesito a nadie.

–No, claro que no –replicó ella, herida–. Es mucho más fácil así, ¿verdad? Necesitar a la gente te hace vulnerable y tú no puedes ser vulnerable.

Alexei se quedó tan sorprendido que no podía hablar. Había salido con muchas mujeres, pero nunca había compartido detalles de su vida con ellas. Y aunque lo hubiera hecho, intuía que ninguna habría visto lo que veía Paige.

Pero era más fácil no necesitar a nadie, más fácil no amar a nadie. Paige leía su corazón y no podía soportarlo más.

–Me marcho –dijo con voz ronca–. Tengo mucho que hacer antes de empezar con las prospecciones en las tierras de Valishnikov. Volveré en cuanto me sea posible.

–¿Por qué no puedo ir contigo? No conozco a nadie aquí y no quiero estar sola.

Su ruego le llegó al alma, pero debía ser firme. Necesitaba alejarse de ella hasta que pudiese recuperar la perspectiva.

–No estarás sola. Vasily y el resto de los empleados estarán contigo. Y hay mucho que hacer... puedes aprender ruso, por ejemplo. Cuando vuelva, habrá que organizar fiestas, cenas. Iremos al teatro y al ballet. Debes aprender a comportarte como una princesa, Paige.

–¿Por qué no puedo aprender ruso en Moscú?

–Porque yo quiero que lo aprendas aquí.

Ella hizo un gesto de rendición.

–No me quieres a tu lado, ¿verdad, Alexei? Te has casado conmigo por el niño, igual que me sedujiste para obtener información. Yo no te importo en absoluto.

¿Era eso lo que quería que pensara?, se preguntó Alexei. Era más fácil de ese modo, mucho más fácil que los complicados enredos sentimentales. Si intentaba justificarse, si intentaba convencerla de que no era así, le haría más daño. Y no quería hacérselo.

–Eres mi mujer y la madre de mi hijo –le dijo, con una frialdad que no sentía–. Eres una princesa y más rica de lo que nunca hubieras podido imaginar. ¿Qué más puedes querer de mí?

–Claro, ¿qué más puedo querer? –murmuró Paige, apenada.

–Volveré en unos días –repitió Alexei. Pero no podía moverse, no sabía por qué.

Ella se dio la vuelta, despidiéndose con la mano como si fuera una reina despidiendo a un funcionario.

–Que lo pases bien.

Unos días se convirtieron en una semana, una semana en dos. Paige nunca se había sentido más furiosa, más sola y más inútil en toda su vida.

Alexei la había llevado a Rusia, se había casado con ella y la había encerrado en una jaula de oro. Pero no era así como había imaginado su futuro. A los veintiséis años, había pensado que tenía toda la vida por delante para hacer lo que quisiera, para explorar el mundo, para encontrar una pareja y casarse. Para tener hijos.

Paige se llevó una mano al abdomen. Aquel niño era lo único bueno de su relación con Alexei.

Pero nada en su vida era normal. Lo había dejado todo atrás por la promesa de asegurarle un futuro a su hermana. Pero ¿y sus necesidades? ¿Y su hijo? ¿Alexei sería alguna vez algo más que una figura distante o seguiría enviando mensajes y haciendo vagas promesas sobre su regreso?

Había sido engañada sobre tantas cosas. Engañada sobre Chad y su relación con Emma, engañada sobre las verdaderas intenciones de Alexei, engañada sobre el parentesco entre el hombre para el que trabajaba y el hombre con el que se había acostado.

Todo había sido un engaño, lo único real en su vida era su hijo. A veces se preguntaba si de verdad estaba embarazada, pero el ginecólogo le había dicho que todo iba bien y que empezaría a notar sus movimientos en unas semanas.

–Por favor, no me dejes –murmuró–. Tú eres todo lo que me queda.

La única persona que la necesitaría y la querría sería su hijo, pensó. No había sabido nada de Emma desde que se marchó de Estados Unidos y se torturaba pensando que su hermana no la perdonaría nunca.

Aunque eso la enfurecía. ¿Cómo podía Emma dejarla fuera de su vida? Sabía que estaba enfadada y tal vez con razón, pero quería creer que tarde o temprano su hermana levantaría el teléfono o le enviaría un e-mail al menos.

Porque si no creyera eso, no podría soportar los días y las noches interminables.

Y los días eran literalmente interminables. Tan al norte, nunca se hacía de noche del todo. A medida que se acercaba el solsticio de verano, el cielo se oscurecía al atardecer y el horizonte se teñía de rosa hasta que salía el sol unas horas más tarde. Era precioso, mágico y, sin embargo, no tenía a nadie con quien compartirlo.

Se sentía más sola que nunca en toda su vida.

Era cierto que el palacio Voronov tenía un montón de empleados, pero estaban allí para llevar la casa y atenderla, no para ser sus amigos. Había intentado alguna vez hablar con Vasily, pero el hombre le hacía una reverencia e insistía en llamarla «Alteza», por rara que eso la hiciera sentir.

Le habían asignado una ayudante personal, una joven llamada Mariya, cuyo trabajo consistía en transformarla en una princesa de verdad. Y, por el momento, había recibido lecciones diarias de ruso, lecciones de etiqueta, de Historia...

Aquel día, Mariya le dijo que iban de compras a San Petersburgo y Paige, que nunca se había sentido cómoda yendo de compras en toda su vida, estuvo a punto de dar saltos de alegría. Estaba deseando salir del palacio y hacer algo.

Mariya iba en silencio a su lado en el coche, contestando sólo cuando le hacía alguna pregunta o comentaba algo sobre el paisaje. Otro coche iba delante de la limusina y uno más detrás.

–¿Por qué necesitamos tres coches?

–Por cuestiones de seguridad, Alteza.

–¿Seguridad? –repitió Paige–. ¿Vamos a un sitio peligroso?

–No, no –se apresuró a responder Mariya, negando con la cabeza–. Pero su marido es un hombre muy rico y la seguridad es necesaria.

Cuando llegaron a Nevsky Prospekt, donde estaban las mejores boutiques de la ciudad, Mariya la hizo esperar en el coche mientras los hombres de seguridad hacían un barrido por la tienda elegida y sólo pudo entrar cuando dieron el visto bueno, aunque Paige no podía imaginar qué clase de horrores podían esperarle en una boutique.

Mariya hablaba con las dependientas en ruso mientras le mostraban vestido tras vestido. A Paige, que no sabía mucho sobre moda, todos le parecían preciosos y, por fin, fue Mariya quien eligió unos cuantos.

–Pruébese estos, señora.

Paige estuvo una hora probándose vestidos y zapatos maravillosos, pero cuando salió del probador con un vestido de seda en color vino había otra mujer a la que no había visto antes y a la que Mariya le presentó como la condesa Kozlova.

–De modo que usted es la estadounidense con la que se ha casado Alexei –comentó la condesa, haciendo una mueca muy poco agradable.

Algo en su tono hizo que Paige sintiera una punzada de celos. Eso y su aspecto. La condesa era una mujer rubia, guapísima y elegante que la hacía sentir gorda y fea.

Y la idea de que Alexei estuviera con otra mujer la volvía loca. Seguía siendo un extraño para ella y, sin embargo, era como si estuvieran conectados por algo más que su hijo.

Claro que se sentía como una tonta al pensar eso cuando estaba claro que Alexei no tenía la menor intención de volver a su lado. Tal vez vivía una vida de soltero en Moscú, acostándose con una mujer diferente cada noche y no pensaba volver con ella.

–*Ochen' priyatno* –dijo Paige.

La condesa frunció el ceño.

–*Mnye tozhye*.

Era la respuesta esperada, pero dudaba mucho que la condesa estuviera encantada de conocerla.

–Me gustaría recibirla en mi casa. Hay mucha gente en San Petersburgo que quiere conocerla –sugirió la mujer entonces.

Paige miró a Mariya, pero su ayudante estaba ocupada mirándose los pies y no sabía si debía aceptar o rechazar la invitación. ¿Lo aprobaría Alexei?, se preguntó.

Pero, de inmediato, se enfadó consigo misma. Alexei la había abandonado el día que llegaron a San Petersburgo. ¿Cómo se atrevía a dejarla sola en un país que no conocía? ¿Cómo se atrevía a apartarla de su vida y de sus seres queridos cuando no pensaba estar a su lado?

Algo en ella se rompió mientras miraba a la mujer que la observaba con una aristocrática ceja enarcada. Sentía como si la condesa estuviera riéndose de ella, como si el mundo entero estuviera riéndose de ella.

Y estaba harta de no controlar su propia vida.

–*Spasiba* –dijo por fin–. Será un placer.

La condesa mostró los dientes en un amago de sonrisa.

–Muy bien. Le enviaré los detalles a su secretaria, ¿de acuerdo? Estoy deseando recibirla en mi casa, Alteza.

La condesa Kozlova vivía sobre uno de los canales que cruzaban San Petersburgo y que le daban a la ciudad el sobrenombre de la Venecia del norte. Mientras iba hacia su casa, Paige empezó a pensar que había cometido un error al aceptar la invitación. Aunque Mariya no decía una palabra, podía notar su desaprobación...

Pero le daba igual. Habían pasado tres días desde que conoció a la condesa y Alexei no se había puesto en contacto con ella, de modo que consultó con Mariya sobre el atuendo que debía llevar al cóctel y eligió un elegante vestido blanco de seda y sandalias de tacón con lentejuelas.

Una criada le hizo un elegante moño francés y cuando Mariya apareció con una selección de joyas, Paige se quedó sin habla. Los diamantes, le contó mientras le ponía una tiara en el pelo, habían pertenecido a la familia Romanov.

Paige se miró al espejo, con los ojos llenos de lágrimas. Parecía una princesa y, por primera vez desde que llegó a Rusia, sentía como si de verdad pudiera hacer su papel.

Apropiadamente vestida y enjoyada, se dirigió a la ciudad, el corazón le latía como un pajarillo en una jaula. Pero cuando llegó a la elegante mansión de la condesa Kozlova y se vio rodeada por hombres y mujeres que hablaban en ruso, de nuevo se sintió sola, aislada y totalmente fuera de su elemento.

No debería haber ido. Debería haberse contentado con un libro, como hacía cada noche.

Mariya estaba a su lado para traducir, pero a menos que se sentara tras ella durante la cena para decirle qué tenedor debía usar, estaría perdida.

–Ah, princesa Voronova –la condesa se acercó del brazo de un hombre– cuánto me alegro de que haya venido. Quiero presentarle a mi hermano, Yevgeny, que estaba admirándola desde lejos.

–Encantada de conocerlo –dijo Paige.

Él se llevó su mano a los labios.

–Es usted bellísima –murmuró–. ¿Me haría el honor de concederme un baile?

–Me temo que no sé bailar –se disculpó ella.

–Tonterías.

–No, es cierto. En casa no tenía costumbre de bailar.

–Texas, ¿verdad? –preguntó la condesa.

–Sí, Texas.

–Alexei es tan divertido. Cuando lo vi en Moscú hace unos días me dijo que se había casado con una chica estadounidense sin dinero ni contactos. ¿Vivía usted rodeada de vacas, princesa Voronova?

Paige tragó saliva. ¿Aquella mujer había visto a Alexei recientemente? ¿Había hablado con él? ¿Alexei le había hablado de su relación?

–Me siento en desventaja, condesa –replicó–. Usted sabe cosas sobre mí, pero mi marido no me ha contado absolutamente nada sobre usted.

La condesa rió, con un brillo de malicia en sus ojos dorados.

–No, ya me imagino. Eso no sería bueno para la armonía conyugal, ¿verdad?

Antes de que Paige pudiera responder, la mujer se volvió hacia su hermano.

–Yevgeny, sé amable con la princesa. Yo tengo que ir a hablar con el señor Kaminski.

–Mi hermana está enfadada con usted –le dio Yevgeny cuando se quedaron solos.

–¿Conmigo? ¿Por qué? Acabamos de conocernos –dijo Paige.

Él la tomó del brazo.

–Pero se ha casado con el príncipe Voronov, algo que mi hermana deseaba desde la muerte del conde.

–Imagino que si Alexei hubiera querido casarse con ella lo habría hecho. No es culpa mía.

Yevgeny era un hombre alto, rubio y más bien guapo, la clase de hombre por la que ella solía sentirse atraída. Pero desde que Alexei apareció en su vida sólo parecían gustarle los hombres altos y morenos que no le hacían caso.

El hermano de la condesa se mostraba amable y, sobre todo, hablaba su idioma. Por primera vez en semanas, alguien le hablaba como si fuera un amigo y Paige intentó relajarse.

–Tuvo la oportunidad de engancharlo cuando eran amantes pero no lo consiguió –dijo Yevgeny entonces.

Paige intentó tragar saliva.

¿Alexei y la condesa habían sido amantes? ¿Serían amantes cuando la llevó al palacio aquella noche?

Yevgeny la llevó a una terraza desde donde podían contemplar los canales de la ciudad y el cielo rosado, que no desaparecía con la llegada de la noche.

–Lo siento, usted no sabía que mi hermana y su marido habían sido amantes y yo lo he soltado así... –empezó a disculparse su acompañante.

–No es culpa suya, no importa.

–Pero me siento responsable.

Paige negó con la cabeza, abrazándose a sí misma.

–No, de verdad. Imagino que habrá habido muchas mujeres en la vida de mi marido.

–¿Tiene frío?

–Un poco –admitió ella–. Estoy acostumbrada a un clima más cálido.

Yevgeny se quitó la chaqueta del esmoquin.

–Tome, póngase esto.

Paige estuvo a punto de negarse, pero pensó que sería una grosería. Al fin y al cabo, sólo estaba siendo solícito.

Sin embargo, cuando deslizó las manos por sus brazos empezó a asustarse. Iba a decirle que prefería volver al interior de la casa cuando escuchó una voz grave tras ella:

–Ah, qué escena tan agradable.

Paige se volvió, sorprendida al ver a Alexei vestido de esmoquin.

–¡Alexei! ¿Qué haces aquí?

Los ojos grises de su marido brillaban de furia.

–Ya veo que no me esperabas.

Capítulo 11

ALEXEI quería matar a aquel tipo que estaba tocando a su esposa. Paige estaba radiante, más guapa que nunca, y él la deseaba con una pasión que lo sorprendió.

No había pasado un solo día en el que no pensara en ella, pero no había vuelto a San Petersburgo porque creía que era lo mejor para los dos. Sin embargo, se daba cuenta de que había sido un error. Paige era demasiado bella, demasiado vulnerable como para dejarla sola con predadores como Petrov.

–Aléjate de mi esposa –le advirtió, tomándola del brazo.

–Tal vez no deberías dejarla sola –replicó Yevgeny, en ruso.

Alexei le quitó la chaqueta de los hombros y se la tiró con gesto despreciativo.

–Aléjate de mi vista, Petrov.

–Encantado de conocerla, princesa Voronova –se despidió Yevgney, con una sonrisa.

–Lo mismo digo.

Alexei esperó hasta que Petrov los dejó solos antes de mirarla.

–No quiero que vuelvas a ver a ese hombre, ¿me entiendes?

–Me sorprende que te preocupe –replicó ella.

–Eres mi mujer. Por supuesto que me preocupa.

–¿Ah, sí? Y yo pensando que era simplemente tu prisionera. ¿O es así como se trata a las esposas en Rusia?

Alexei no había esperado que lo retase y eso lo sorprendió.

–Nos vamos –dijo entonces, tomándola del brazo–. Y no volverás nunca a esta casa.

–¡Me estás haciendo daño! –protestó Paige.

Él la soltó de inmediato, desconcertado. Lo último que deseaba era hacerle daño...

Suspirando, se pasó una mano por el pelo. Llevaba tres minutos con ella y ya le había hecho perder el control. Pero verla con Petrov lo había vuelto loco. Paige era demasiado buena para un canalla como Yevgeny Petrov.

Además, era su esposa y estaba embarazada de su hijo. Y, sin embargo, parecía otra mujer. Estaba elegante, preciosa, etérea... y lo miraba con los ojos llenos de furia.

Y a él no le gustaba verla así.

Bueno, sí le gustaba pero no quería que nadie más viera lo que él veía. Su Paige llevaba gafas y aburridos trajes de chaqueta. Aquella Paige llevaba un largo vestido blanco y parecía un ángel. Reconoció entonces, sorprendido, los diamantes Voronov en su cuello. La tiara que llevaba había sido de su tatarabuela...

Y le gustaría tomarla en brazos y sacarla de allí en aquel mismo instante.

–¿Dónde están tus gafas? –le preguntó.

–Llevo lentillas –respondió ella–. ¿Vas a decirme qué haces aquí?

Alexei se quitó la chaqueta para ponerla sobre sus hombros, sintiéndose mezquino por haber montado una escena.

–Yo podría preguntar lo mismo.

–Me invitó la condesa.

–A mí también.

–¿No sabías que yo estaría aquí esta noche?

–Sí, lo sabía –respondió él. Mariya había llamado para contárselo y había ido desde Moscú porque no podía hacer otra cosa–. Pero quiero saber por qué has venido.

–Porque estoy aburrida y cansada de estar sola. Porque alguien me invitó a una fiesta y quería ver gente, quería escuchar risas y música. Me casé contigo por nuestro hijo y por el futuro de mi hermana, pero no acepté ser tu prisionera.

–No eres mi prisionera –dijo él.

–Yo me siento así. De haber sabido que íbamos a hacer vidas separadas me habría quedado en Texas...

–Tu vida está aquí ahora, conmigo.

–¿Contigo? Yo no estoy contigo. Vivo sola en un palacio donde nadie me habla como si fuera una persona normal –Paige clavó un dedo en su torso–. Pero yo soy una persona normal, Alexei. ¡No soy una princesa, soy Paige Barnes, de Atkinsville, Texas, y no sé cómo ser otra persona!

Él tomó su mano, apretándola con fuerza. No había llevado bien la situación y era el momento de solucionarlo.

–Me gusta cómo eres y no quiero que cambies nunca.

Inclinó la cabeza para rozar sus labios, esperando su reacción. Por un momento, pensó que iba a rechazarlo, pero Paige cerró los ojos...

Su entrega lo sorprendió. No merecía que fuera tan generosa con él, pero no había vuelto a besarla desde la noche que hicieron el amor y en cuanto sus lenguas se encontraron se preguntó por qué demonios no lo había hecho.

Estaba harto de luchar contra sus sentimientos. Era ridículo cuando ni siquiera podía imaginarse a sí mismo tocando a otra mujer. Paige era como veneno en su sangre...

Esa noche la llevaría a su cama y al demonio con todo lo demás.

Paige apenas podía reconocer al hombre que la llevaba a toda prisa hacia la limusina. Mientras daba una orden en ruso al conductor, Alexei pulsó el botón que levantaba el cristal separador.

–Te deseo –murmuró, empujándola hacia el respaldo del asiento–. Y ha pasado demasiado tiempo.

Paige tragó saliva. Aunque una vocecita le decía que no debía ponérselo tan fácil, sabía que iba a hacerlo. ¿Cómo iba a rechazar el placer de acariciarlo si la hacía temblar de arriba abajo cada vez que estaba cerca?

¿Era eso lo que se sentía al estar enamorada?

Enamorada.

Esa palabra explotó en su cerebro como un trueno en el golfo de México. ¿Cuántas veces se había acobardado durante esas tormentas cuando era una niña? Quería esconderse ahora, esconder la cabeza en la arena y olvidarse de todo.

Enamorada.

No, no podía amarlo. No lo conocía lo suficiente... aunque el corazón le dijese que sabía todo lo que debía saber. Alexei era un hombre fuerte, decidido, que sentía las cosas de manera profunda. Y la había convertido en su mujer porque nunca abandonaría a su hijo.

Pero entre ellos seguía estando el asunto del engaño. Alexei había decidido seducirla con un objetivo en mente...

–¿En qué piensas? –le preguntó él.

–Me preguntaba por qué estás aquí.

–Estoy aquí porque eres mi mujer.

Paige puso una mano en su mejilla y él giró la cabeza para besarla.

–Me gustaría creerlo.

–Entonces, créelo.

–No puedo –dijo Paige.

Alexei la miró, con los ojos ensombrecidos.

–¿Qué ocurre?

–¿Qué ocurre? –repitió ella–. ¿Cómo puedes preguntar eso? Tú sabes lo que ocurre.

–Quiero hacerte el amor y tú quieres hablar –Alexei suspiró, pasándose una mano por el pelo–. Aunque supongo que me lo merezco.

–No he sabido nada de ti en tres semanas y ahora apareces de repente, me besas y no puedo pensar...

–¿No puedes pensar cuando estás conmigo?

–Si pudiera hacerlo no estaría aquí, no estaría embarazada y no me habría casado contigo.

–Me gusta volverte loca –murmuró él, inclinándose hacia delante. Pero Paige puso las manos sobre sus hombros.

–Me has dejado sola en un país que no conozco y te acostaste conmigo para sacarme información.

Alexei inclinó la cabeza para besar su garganta.

–No lo hice para sacarte información. Pensaba hacerlo, pero lo olvidé por completo cuando te tuve entre mis brazos.

Paige cerró los ojos. «Concéntrate».

–¿Crees que eso hace que me sienta mejor?

–¿Por qué no? –murmuró Alexei, empujando las caderas hacia ella para hacerla sentir su erección–. Esto no miente, *maya krasavitsa*. Te deseaba entonces y te deseo ahora, pero siento haberte hecho daño.

–¿De verdad?

–Lo siento mucho. No debería haber intentado utilizarte por tu relación con Chad.

Paige no sabría decir por qué, pero lo creyó. Sencillamente, sabía que lo decía de corazón.

–Significa mucho para mí que digas eso.

–No soy perfecto, pero admito mis errores –Alexei inclinó la cabeza para besarla, pero ella lo detuvo.

–Hay una cosa más. Quiero saber cuál es tu relación con la condesa.

–Fue mi amante breve tiempo, hace mucho.

–¿No estabas con ella cuando nos conocimos?

–No.

–Dice que os visteis en Moscú recientemente. Y que le hablaste de mí.

Alexei sonrió.

–¿Habrías preferido que te mantuviera en secreto?

–No quiero decir eso y tú lo sabes.

–La condesa Kozlova es una frívola, una mujer superficial que nunca ha significado nada para mí. ¿Eso te satisface?

–No estoy segura –le confesó Paige–. ¿Cómo sé que dices la verdad?

De repente, Alexei se puso serio.

–La verdad es que no me he acostado con ninguna mujer desde que te conocí.

–Pero yo te vi con esa actriz en las revistas...

Él pasó un dedo por su cuello.

–Se llevó una decepción, te lo aseguro –murmuró, inclinando la cabeza para rozar sus labios–. No he podido pensar en nada más que en esa noche que compartimos, la noche que concebimos a nuestro hijo. No ha habido nadie desde entonces.

Paige sintió que sus ojos se humedecían. Era lo más parecido a lo que había querido escuchar y, sin embargo, no era suficiente. Pero ¿cómo iba a rechazarlo? ¿Cómo podía decir que no cuando aquello era un principio? ¿Podrían tener una relación de verdad si lo intentaban?

No sabía quién de los dos había empezado pero, de repente, el beso se volvió erótico, sus lenguas enredándose hasta dejarla sin respiración. Paige suspiró cuando Alexei deslizó una mano entre sus piernas y dejó escapar un gemido al notar el roce del pulgar sobre la seda de sus braguitas.

–Alexei...

–No digas nada. Siéntelo, disfruta.

Cuando le bajó las braguitas, Paige sólo pudo contener el aliento. ¿De verdad pensaba hacerle el amor en el coche? La idea era perversa, emocionante. Había pasado demasiado tiempo desde la última vez y necesitaba tocarlo y ser tocada por él. Tal vez estar privada de contacto humano la había vuelto atrevida, decidió.

Pero cuando metió las manos bajo sus nalgas, instintivamente cerró las piernas. ¿Era pudor o miedo? No estaba segura.

Sin decir una palabra, Alexei abrió sus piernas y se colocó entre ellas. Paige contuvo el aliento, el corazón le palpitaba como loco... y al notar el primer roce de su lengua arqueó la espalda, murmurando su nombre.

Él siguió acariciándola con la boca hasta que llegó al clímax... pero quería más. Lo quería dentro de ella. Lo deseaba con un ansia que nunca hubiera creído posible.

Sin embargo, Alexei le bajó el vestido y se sentó a

su lado, como si no hubiera pasado nada. Paige se apoyó en la puerta, temblando pero decepcionada porque había parado.

–¿Y tú? –le preguntó cuando pudo recuperar la voz.

Él esbozó una sonrisa.

–No te preocupes por mí, *maya krasavitsa*, la noche no ha terminado.

Como si lo tuviera todo planeado, el coche se detuvo en ese momento y Paige intentó arreglarse un poco el pelo antes de que el conductor abriese la puerta.

–Pero esto es un hotel –murmuró, mirando la elegante entrada.

–Tengo una suite aquí para cuando estoy en la ciudad.

Unos minutos después, Alexei la tomaba en brazos para entrar en la habitación. Pero Paige se dijo a sí misma que no debía hacerse ilusiones. Era deseo, no amor, lo que hacía que la dejase en el suelo para buscar la cremallera del vestido con manos impacientes.

Se quitaron la ropa a toda prisa e hicieron el amor sin preservativo. No había nada entre ellos, ninguna barrera, y la sensación era exquisita. Encajaban tan perfectamente que una lágrima rodó por su mejilla.

Era la segunda vez que hacían el amor y, sin embargo, conocían el cuerpo del otro tan íntimamente como si llevaran años siendo amantes. Se movían al mismo ritmo, como un solo ser, y Paige recibía sus embestidas levantando las caderas hasta que una explosión extraordinaria los hizo gritar de placer.

Después, abrazados, sus cuerpos cubiertos de sudor, se acariciaron sin decir nada durante unos minutos.

–Eres maravillosa –murmuró Alexei.

Ella suspiró, contenta. Se sentía en paz, como si

hubiera estado dando vueltas en un remolino y, por fin, hubiese aterrizado en tierra firme.

–Yo me siento muy normal –le dijo, disimulando un bostezo.

Alexei acarició suavemente sus pezones.

–Tus pechos son más grandes ahora.

–Y más sensibles.

–Ya me había dado cuenta.

Paige se apartó para mirarlo a los ojos.

–¿Cómo puedes saber eso? Sólo lo hemos hecho dos veces.

–Tengo buena memoria para estas cosas.

–Sí, seguro que sí –murmuró ella, irónica.

–¿Qué quieres decir con eso?

–Que no sé si recordarás también qué es lo que excita a la condesa Kozlova.

Alexei soltó una carcajada.

–¿Tienes celos de ella? Ya te he dicho que no significa nada para mí.

–No tengo celos –protestó Paige, aunque el rubor de sus mejillas la delataba.

Él deslizó una mano hasta su abdomen, acariciándolo suavemente.

–No deseo a ninguna otra mujer, sólo a ti.

Paige se cubrió con la sábana, como si así pudiera esconder su corazón. Era lo que quería escuchar y, sin embargo, la asustaba.

–¿Qué ocurre?

–Estaba preguntándome cuándo terminará el cuento de hadas.

Porque así sería. Como la última vez, tarde o temprano descubriría que todo era mentira.

–¿Los cuentos de hadas no tienen un final feliz? –le preguntó él.

–No, si hay una bruja mala.

Alexei soltó una carcajada.

–No estarás diciendo que yo soy la bruja mala, ¿verdad?

Paige no pudo evitar una sonrisa.

–No, claro que no. Aunque no todos los cuentos de hadas terminan bien.

Alexei apartó la sábana y se colocó sobre ella, su cuerpo caliente, duro y sexy.

–Es nuestro cuento de hadas –le dijo, con voz ronca–. Y nosotros escribiremos el final.

Paige arqueó el cuello cuando empezó a besar su garganta, su escote, sus pechos. Ella quería que el cuento de hadas terminase bien.

Y deseaba aquella noche. Quería a Alexei así para siempre, tan ansioso, tan apasionado como ella. No quería pensar que todo iba a terminar, aunque sabía que podría ser así.

Alexei besó su abdomen con gesto reverente. Estaba entre sus piernas, caliente y duro, y sintió un incendio en las entrañas. ¿Cómo podía hacerle eso?

–Tienes que decirme si es demasiado... o si estás cansada.

Paige le echó los brazos al cuello.

–Hazme al amor, Alexei.

Él le hizo el amor despacio, con ternura, llevándola a la cresta de la ola y haciéndola descender a la tierra después con sus caricias.

No sabía que pudiera ser tan tierno, tan hermoso para los dos. Y, mientras estaba entre sus brazos después, a punto de quedarse dormida, temió que le hubiese robado el corazón para siempre.

Capítulo 12

PAIGE volvía de dar un paseo por los jardines del palacio y encontró a Alexei en la terraza, con las manos en los bolsillos del pantalón, perdido en sus pensamientos.

Seguía pareciéndole el hombre más guapo que había visto nunca y su corazón se aceleraba sólo con mirarlo. Y querría preguntar qué le pasaba, pero intuyó que no le agradaría esa intrusión.

Desde que se encontraron en casa de la condesa habían pasado los días charlando, haciendo el amor, cenando en la terraza o frente a la chimenea del salón y yendo a San Petersburgo de vez en cuando.

La había llevado a un crucero por el río Neva, al museo Hermitage, a la catedral de San Isaac y a la fortaleza de Pedro y Pablo en la isla Zayachy, entre otras actividades. También habían ido al teatro y a la ópera, como le había prometido, y su nivel de ruso estaba mejorando, aunque aún no podía mantener una conversación.

Mirando a Alexei, Paige se llevó una mano al abdomen. Estaba de catorce semanas y, aunque aún no sentía movimiento alguno, habían visto al bebé en las ecografías. Era demasiado pronto para saber si sería niña o niño pero sólo tenía que recordar ese puñito diminuto en la pantalla para que su corazón se llenase de amor.

La vida con Alexei era perfecta durante esas últimas semanas. Él se mostraba atento a todas sus necesidades, cariñoso, divertido y siempre apasionado en la cama. La conocía tan bien... a veces mejor que ella misma. Era asombroso.

De hecho, no podía imaginar la vida con otro hombre. Una vez había pensado que Chad Russell era su hombre ideal. Ya no podía entenderlo.

Mientras observaba a su marido, tan pensativo, no pudo evitar una oleada de tristeza. A pesar de los progresos en su relación o de su deseo de hacerlo feliz, sabía que había una parte de Alexei que no podía compartir.

Había sabido desde el principio, cuando intentaba no enamorarse de él, que en su corazón había una profunda tristeza. Era su escudo, su armadura contra el mundo.

Había intentando hablar de Chad y Elena alguna vez, pero Alexei siempre cambiaba de conversación. No se enfadaba, pero estaba claro que no quería hablar del asunto.

Paige empezó a subir los escalones de piedra y él se volvió, sus ojos plateados ensombrecidos por alguna emoción que intentaba disimular.

–¿Has disfrutado del paseo?

–Sí, mucho.

–Ven, siéntate. Bebe un poco de agua, pareces acalorada –Alexei tomó su mano para llevarla hasta una silla y le sirvió agua de una jarra con hielos.

–¿Ocurre algo? –le preguntó Paige cuando el silencio se alargó.

Él le dio la espalda, vacilando un momento antes de contestar:

–Hoy es el aniversario de la muerte de mi hermana. Murió hace quince años.

Paige lo miró, sorprendida. No había vuelto a hablar de su hermana desde la primera noche. ¿Significaba eso que estaba dispuesto a abrirle su corazón?

–Lo siento mucho. ¿Quieres hablar de ello?

Un golpe de viento abrió una servilleta que había sobre la mesa y ella la dobló mientras esperaba.

–Katerina tenía leucemia –dijo Alexei por fin–. Y murió porque yo no podía pagar el tratamiento que necesitaba para salvarle la vida.

–Lo siento muchísimo –murmuró Paige, conmovida–. Debió ser horrible para ti y para tu madre.

–Mi madre tenía Alzheimer muy avanzado para entonces. Nunca se enteró de lo que ocurría y murió tres años después que Katerina. Yo soy el único que queda para recordarlas.

–Pero tu tía vive –se arriesgó a decir Paige. Quería que supiera que no estaba solo en el mundo, que él tenía el poder de cambiar las cosas. La gente cometía errores, pero tal vez su tía lamentaba lo que había hecho tantos años atrás.

Alexei apartó la mirada, cerrándose por completo.

–No hay ninguna posibilidad de reconciliación.

«No lo digas», le advirtió una vocecita, pero no podía dejarlo sin recordarle la verdad.

–Tim Russell está muerto. ¿Por qué dejas que lo que hizo te separe de tu familia para siempre?

–No son mi familia –replico él, con sequedad–. Perdona –dijo luego– no es culpa tuya.

Paige se levantó para abrazarlo, apoyando la cabeza en su pecho. No podía soportar verlo sufrir.

–Yo también lo siento, no quería hacerte daño.

–Lo sé.

–Sólo quiero entender, Alexei.

–No hay nada que entender. Sencillamente, las cosas son así.

Alexei no podía dormir. Afortunadamente, a su lado, la suave respiración de Paige le decía que ella no tenía ese problema. Al otro lado de la ventana el cielo era blanco, pero no sabía qué hora era. Podría ser medianoche o las tres de la madrugada. Estaban en medio de las *beliye nochi*, o noches blancas, por las que San Petersburgo era tan famosa.

Alexei apartó el edredón y se levantó de la cama para acercarse a la ventana.

Katerina había muerto una noche como aquella, en la que el sol no se ponía nunca del todo y el mundo parecía lleno de luz, como un eterno verano.

Pero no había veranos eternos, ni para Katerina ni para nadie. Sólo una corta temporada de estío entre largas y heladas estaciones.

Y eso lo asustaba. Era por eso por lo que se negaba a encariñarse con nadie. No podían hacerte daño si no te encariñabas con nadie.

Paige, sin embargo, le había arrebatado ese consuelo. Aunque había intentado que no pasara, se había convertido en alguien importante para él. Cuando volvió a su lado esa noche, varias semanas antes, sabía a lo que se arriesgaba. Sabía que una vez que volviese a tocarla no podría apartarse.

Paige era todo lo que necesitaba; ella y su hijo. No necesitaba tenderle su mano a Chad y Elena Russell.

Sólo la necesitaba a ella y tenía que explicarle por qué había tenido que destruir la empresa Russell. La verdadera razón. Quería que lo entendiera y quería contarle al menos a un ser humano lo que no le había contado a nadie. Necesitaba hacerlo.

–¿Alexei?

Cuando se volvió, vio a Paige apoyada en un codo, mirándolo.

–Perdona –se disculpó–. No quería despertarte.

–No pasa nada –Paige se levantó de la cama y se puso una bata antes de pasarle un brazo por la cintura–. Había oído hablar de esto, pero resulta difícil creerlo hasta que lo ves. Es asombroso que nunca se haga de noche.

–No, tú eres asombrosa –murmuró Alexei.

Ella sonrió y el mundo pareció iluminarse.

–Siempre dices la palabra adecuada.

–¿Ah, sí?

–Debe ser así. Me convenciste para que te besara cuando no te conocía de nada y has seguido convenciéndome de cosas hasta ahora.

–Tal vez debería meterme en política.

–Ah, entonces seguro que pronto tendríamos paz en el mundo.

Alexei se puso serio de repente.

–No siempre digo las palabras adecuadas, *angel moy*.

–¿Qué quieres decir?

–Cuando Katerina estaba muriéndose fui a Dallas... fui a ver a Tim Russell para pedirle ayuda, pero no quiso ayudarme. Me dijo que los Voronov estaban muertos para su mujer y, por lo tanto, para él también.

–Lo siento mucho...

–Mi hermana murió porque no pude salvarla. Lo intenté, pero no pude hacer nada.

–No es culpa tuya –los ojos de Paige estaban llenos de lágrimas y Alexei se maldijo a sí mismo por hacerla llorar. ¿Por qué la había cargado con ese peso? Había querido compartir su pena con ella, pero desearía dar marcha atrás. Cualquier cosa para verla sonreír de nuevo.

–Nunca se lo había contado a nadie. No se lo conté a Katerina... no hubiera servido de nada.

–¿Has llevado esa carga contigo durante quince años? –Paige sacudió la cabeza–. Eres tan obstinado...

Él la miró, sorprendido. ¿Obstinado?

–No tenía razones para contárselo a nadie, *lyubimaya moya*. Pero no es obstinación.

–Sí lo es –dijo Paige, tomando su cara entre las manos–. No puedes guardarte esas cosas dentro para siempre porque te acaban destruyendo.

–Ya no me las guardo dentro, te lo he contado a ti. Y ahora sabes por qué no puedo perdonar a los Russell. Me robaron mucho más que unas tierras... mucho más.

Paige se puso de puntillas para darle un beso en los labios y, al notar el sabor de sus lágrimas, se le rompió el corazón al saber que lloraba por él.

Le gustaría llevarla a la cama de nuevo y hacer que olvidase lo que acababa de contarle. ¿Por qué lo había hecho? ¿Y por qué sentía como si se le hubiera quitado un enorme peso de encima?

–Tienes que olvidar todo lo que pasó, cariño. Te está matando.

–No, al contrario, me ha dado un propósito en la vida –dijo él–. Me ha hecho lo que soy. Sin ese propósito, no tendría todo esto...

–Yo no quiero todo esto a expensas tuyas. Nada es tan importante como...

–¿Como qué, Paige?

–Tan importante como el amor que siento por ti –le confesó ella entonces.

El corazón de Alexei se encogió dentro del pecho. No era la primera mujer que le decía esas palabras y, sin embargo, el efecto era totalmente diferente. Tanto que empezó a sentir miedo. ¿Cómo podía haber dejado que pasara?, se preguntó. La necesitaba. Estando con ella se sentía más feliz que nunca y escuchar esa confesión completaba una parte de él que se había perdido hacía muchos años.

Pero el amor significaba dolor, inseguridad. Y él había jurado no dejar nunca que otra persona pudiera decidir sobre su felicidad porque sabía, por experiencia propia, que podía no acabar bien.

–¿No vas a decir nada? –le preguntó Paige.

Sólo entonces se dio cuenta de que se había quedado callado.

–¿Qué quieres que diga?

Como si no lo supiera...

Pero no podía hacerlo, no podía decirle algo que temía que se lo tragase entero. Las palabras no salían de su garganta... y no sabía si quería que así fuera.

–Nada –murmuró ella–. Nada en absoluto.

–Vuelve a la cama –dijo Alexei, con voz ronca. Le había hecho daño y se odiaba a sí mismo por ello–. Tienes que estar sana y fuerte por el niño.

Paige dio un paso atrás.

–El niño, claro –murmuró, poniendo una mano sobre su abdomen.

Él no sabía qué decir. Podría cambiarlo todo con una sola palabra, podría decirle lo que deseaba escuchar y hacerla sonreír de nuevo. Pero le resultaba imposible.

Cuando Paige despertó a la mañana siguiente, Alexei se había ido. No era la primera vez que despertaba sola en la cama, pero aquella vez era diferente. Lo sabía. Después de haberle confesado su amor la noche anterior, sabía que se marcharía.

Pero una parte de ella esperaba que no fuera así. Se había dejado llevar por la emoción al notar el dolor en su voz cuando hablaba de la muerte de su hermana y de la crueldad de Tim Russell...

Entendía que lo hubiera odiado, pero la horrorizaba pensar lo que habría sido para él vivir con ese odio durante quince años.

Había querido que entendiese lo dañino que era el resentimiento, pero no había querido decirle que lo amaba. Aún no. Era un sentimiento demasiado nuevo, demasiado frágil y temía que él no sintiera lo mismo. Habían pasado unas semanas maravillosas, pero eso no era suficiente para construir una vida entera de amor.

Paige suspiró al recordar su expresión cuando le dijo que lo amaba. Parecía tan asustado como si le hubiera dicho que el mundo se iba a terminar al día siguiente.

Alexei no la amaba, no la necesitaba. Se había casado con ella por el niño y disfrutaban en la cama. Nada más.

Pero ¿por qué le había contado aquello si no le importaba?

Daba igual, Alexei se había ido y ella estaba furiosa consigo misma por haberle hablado de su amor. Si no hubiera dicho nada, seguirían como hasta ese momento.

Pero, se preguntó entonces, ¿era eso suficiente? ¿No merecía algo más?

Cuando salió de la suite encontró a una criada poniendo la mesa en la terraza.

–*Dobroye ultro* –la saludó.

La joven le devolvió el saludo y, haciendo una reverencia, salió de la terraza.

Había un sobrecito sobre la bandeja del desayuno y Paige lo abrió con manos temblorosas. Ya sabía lo que era, el único misterio era cómo explicaría su ausencia.

Tengo que ir a Moscú esta mañana. Volveré esta noche.

Alexei

Paige miró hacia el golfo de Finlandia, a lo lejos, sintiendo una mezcla de amor, pena y resentimiento. ¿Un día se convertiría en dos? ¿Pasaría una semana, un mes o dos meses antes de que volviese a verlo? ¿Lo había alejado para siempre con esa declaración de amor?

Alexei era un hombre rico, poderoso e implacable con sus enemigos. Se había casado con ella porque lo creía su deber, nada más. Dijera lo que dijera, él debería estar con una mujer como la condesa Kozlova, alguien elegante y acostumbrado a su mundo.

No. Eso era ridículo, pensó. Estaba siendo irracional, dejándose llevar por la autocompasión...

Y no pensaba hacerlo.

Entonces sintió una especie de aleteo en el estómago, como un pajarillo diminuto, una mariposa, y se dio cuenta de que era su hijo.

Y eso incrementó su resolución. Ya estaba harta de esperar que Alexei decidiera lo que sentía por ella.

Porque ella merecía su amor y merecía a aquel hombre. Y no pararía hasta obtener una respuesta.

Capítulo 13

NO LE resultó fácil ir a Moscú, pero Paige se había negado a aceptar una negativa. Primero, había pedido un coche, sin Mariya y sin seguridad, y luego le indicó al chófer que la llevase al aeropuerto.

Una vez en Moscú, tuvo cierta dificultad para encontrar un conductor que la llevase al cuartel general de Prospecciones Voronov pero, por fin, lo consiguió también. Ahora, sentada en la limusina, se preguntaba si habría ido demasiado lejos.

Alexei se pondría furioso al verla allí.

Tenía el corazón acelerado desde que empezó el viaje y su estómago empezaba a protestar también. Debería haber comido algo más que una tostada, pensó.

Cuando el conductor se detuvo frente a un edificio de acero y cristal en el distrito Presnensky, Paige bajó del coche. Acostumbrada como estaba al silencio del palacio, el ruido de la ciudad le parecía ensordecedor.

Pero tenía que hacerlo. Porque si Alexei no la valoraba, estaría mejor en Dallas. Al menos allí, su vida sería suya. Amaba a Alexei, pero si él no la correspondía volvería a su país en lugar de esperarlo perpetuamente en San Petersburgo.

Paige entró en el elegante vestíbulo y se acercó al mostrador.

–Vengo a ver al príncipe Voronov.

–Me temo que eso no es posible, señora –le dijo la recepcionista–. Pero si quiere pedir una cita...

–No, no quiero una cita. Soy su esposa y quiero verlo ahora mismo, por favor –la interrumpió Paige.

Era un poco ridículo aparecer allí diciendo que era su mujer y quería verlo. Siendo su mujer, debería al menos tener el número de su móvil. Pero Alexei nunca se lo había dado.

–Por favor, espere aquí –dijo la recepcionista, señalando una fila de sillas frente a una pared de cristal.

Paige iba a protestar, pero pensó que no serviría de nada. Además, estaba agotada y empezaba a desear haberse quedado en San Petersburgo; al menos allí podría tumbarse en la cama.

No sabía cuánto tiempo había estado esperando, pero supo antes de ver a Alexei que estaba allí. Algo había cambiado en el aire, como el lejano retumbar de un trueno.

–¿Estás loca? –le espetó.

–Tal vez sí –respondió ella.

Quería levantarse y exigirle una explicación para su repentina partida, pero no tenía fuerzas. Estaba mareada y lo único que deseaba era tumbarse un rato.

–Le diré a mi chófer que te lleve a mi apartamento. Cuando termine aquí, me reuniré contigo.

–Muy bien –asintió ella, levantándose. Pero, al hacerlo, notó humedad entre las piernas. Tal vez se había sentado en una silla mojada... ¿por qué no había mirado antes de sentarse?

–Alexei...

–Dios mío, Paige.

Ella siguió la dirección de su mirada y tardó un momento en entender el significado de las manchitas rojas en el suelo... pero cuando lo hizo, un grito sordo escapó de su garganta.

Era culpa suya, pensaba Alexei. Había sido un arrogante, un imbécil. ¿Por qué la había dejado así, sin darle una explicación? Había pensado volver a San Petersburgo esa misma noche, pero si era sincero consigo mismo debía admitir que habría encontrado alguna razón para no hacerlo.

¿Por qué?

Porque era un cobarde. Porque no quería enfrentarse con sus miedos. Se le daba muy bien escapar de las emociones que no quería sentir. Llevaba años haciéndolo, subsistiendo a base de odio y ambición. Y, por fin, estaba pagando el precio.

No sólo él, sino Paige y su hijo.

Cuando vio las manchitas de sangre en el suelo y pensó que iba a perderla, juró que entregaría todo lo que tenía, hasta su último rublo, si Dios escuchaba su ruego y le salvaba la vida.

Alguien había escuchado porque Paige estaba bien. Ella y el niño, le habían dicho los médicos. El alivio lo había abrumado de tal modo que tuvo que sentarse cuando le dieron la noticia de que había dejado de sangrar y podía irse a casa, aunque tendría que guardar reposo durante un mes.

Cuando entró en la habitación, Paige estaba sentada en la cama, con las manos sobre el regazo.

–Estás muy pálida, *lyubimaya moya*.

–Lo siento, Alexei –dijo ella entonces–. He puesto al niño en peligro y no puedo perdonarme a mí misma...

–No, por favor, no es culpa tuya –la interrumpió él, abrazándola–. No llores, Paige.

–No quería que te fueras así, por eso vine a Moscú. No quiero estar sola otra vez. Quería lo que habíamos tenido estas últimas semanas.

Alexei no podía hablar, sólo podía abrazarla para ofrecerle consuelo. Le parecía tan bella, tan pálida y frágil, que no quería soltarla nunca.

–No, eso no es verdad –dijo Paige entonces, sacudiendo la cabeza.

Y a él se le encogió el corazón. Iba a decirle que no lo quería, que estaba harta. Era el castigo por su obstinación, por su incapacidad de ver la verdad.

–Dime lo que quieres y será tuyo –le ofreció. Aunque quisiera marcharse, la dejaría ir. Lo que fuese con tal de hacerla feliz.

–Quiero algo más, Alexei –dijo Paige entonces–. Quiero que sientas lo que yo siento. No estoy dispuesta a vivir con un hombre que no me quiere. Me he pasado la vida complaciendo a los demás y quiero que alguien cuide de mí para variar. Y si tú no puedes darme eso, necesito saberlo ahora. Porque aunque te quiero, no voy a quedarme en tu palacio esperando que algún día tú sientas lo mismo.

Era tan orgullosa, tan asombrosa, tan decidida. Y él removería cielo y tierra para hacerla feliz. Haría cualquier cosa por ella.

Lo que sentía en aquel momento era tan poderoso que tuvo que ponerlo en palabras:

–Te quiero –dijo por fin. Pero la frase sonaba ronca, estrangulada–. Te quiero –repitió, con más fuerza esta vez.

–Sólo lo dices porque crees que es lo que espero escuchar.

Alexei entendía que no lo creyera. Paige pensaba que era un hombre implacable, que había intentado seducirla para conseguir información, que haría lo que fuera para ganar.

De modo que clavó una rodilla en el suelo, frente a la cama, y le tomó la mano.

–Esto no se me da bien –le confesó, con el corazón encogido–. No sé cómo decirte que eres la persona más importante del mundo para mí, que estaba muerto por dentro hasta que apareciste en mi vida. No sé decir las palabras adecuadas, Paige. *Ti nuzhna mne, ya tebya lyublyu*. Eso es todo lo que sé.

–¿Qué has dicho? –preguntó ella, con la voz rota.

–He dicho que te amo, que te necesito.

–Me gustaría creerte, pero...

–Por ti, iré a ver a Chad y a Elena.

Paige negó con la cabeza.

–Alexei... yo quiero que vayas a verlos por ti, no por mí. Quiero que estés convencido de que eso cerrará la herida por fin.

Alexei lo pensó un momento y supo que quería hacerlo por él mismo tanto como por su hijo.

–He tenido tiempo para pensar durante estas horas –empezó a decir–. Y me he dado cuenta de que me había encerrado en mí mismo. Pensé que el niño y tú seriáis suficiente para mí... y lo sois, pero sé que tienes razón. He odiado a los Russell durante quince años y he creído que ellos me odiaban a mí. Tal vez sea así, pero estoy cansado de odiar. Ya no me vale para nada. Y los veré porque tú me has convencido de que eso es lo que debo hacer, Paige. Al menos sabré que he hecho el esfuerzo.

–¿Lo dices de verdad?

–Sí.

–Pero ¿por qué me quieres ahora? –le preguntó ella, como si no pudiera creerlo–. Si sólo intentas hacerme feliz hasta que nazca el niño...

–No, no es eso –la interrumpió Alexei–. Entiendo que seas escéptica, pero no es eso. Me sentí atraído por ti desde el primer momento. No te pareces a nadie más. Eres tan fuerte, tan especial. No sabes lo preciosa que eres y tienes el corazón más tierno del mundo. Lloras cuando ves una obra de arte, te ríes como un ángel y lucharías a muerte para proteger a tus seres queridos.

Los ojos de Paige se llenaron de lágrimas y él las secó con un dedo.

–No llores, por favor. Me rompe el corazón verte llorar.

–No puedo evitarlo...

–Te quiero, Paige, aunque me asusta decirlo. Porque todos aquellos a los que he querido me han dejado y he tenido que seguir adelante sin ellos, echándolos de menos, sabiendo que les he fallado... y no quiero fallarte a ti también. No quiero vivir sin ti, Paige. Te necesito tanto.

Ella lo abrazó con todas sus fuerzas.

–Te quiero, Alexei. Pero no creo que debamos tener miedo de este amor. Al contrario, debe hacernos felices. Si lo somos, no nos fallará. Como tú no le fallaste a Katerina. Ella sabía que la querías y no fue culpa tuya que muriese. Quiero que creas eso de verdad, Alexei.

Él sonrió, estaba abriendo su corazón de tal forma que casi le dolía. El amor que sentía era abrumador, pero el miedo desaparecía poco a poco. Siempre estaría allí, en una esquina de su corazón, pero ya no era lo más importante.

–Intentaré creerlo, *lyubimaya moya*. Por ti.

–No –dijo ella–. Por ti.

–Por mí –repitió Alexei.

Porque tenía razón, porque lo conocía mejor que nadie y lo amaba más que nadie. Y porque él ya no tenía miedo de enfrentarse con sus miedos.

Dallas en invierno era mucho más agradable que San Petersburgo y, sin embargo, Paige echaba de menos Rusia. Echaba de menos el enorme palacio Voronov y los paseos en trineo sobre la nieve. Pero volverían en primavera, cuando el tiempo no fuese tan frío.

–La niña está dormida –anunció su hermana, entrando en el salón.

–Katerina es una niña muy buena –dijo Paige.

Emma se sentó a su lado en el sofá.

–Es maravillosa, sí. Tienes mucha suerte.

Paige sonrió. Sí, había tenido mucha suerte. Suerte de tener una hija maravillosa y un marido al que adoraba. Un marido que había comprado una casa en Dallas y la había llevado allí a pasar el invierno porque sabía que echaba de menos su tierra.

Encontraron una casa preciosa, con un jardín lleno de árboles y un porche que daba la vuelta a todo el edificio, con sitio para sentarse por las noches, cuando la temperatura era más agradable.

Había tenido que explicarle a Alexei la tradición sureña de sentarse en el porche y saludar a los vecinos y, aunque él no lo entendía muy bien, le prometió que haría lo que ella quisiera.

Emma miró hacia el jardín.

–¿Siguen ahí fuera?

–Sí –respondió Paige, riendo–. Creo que Chad le está explicando a mi marido cómo hacer las costillas a la barbacoa al estilo de Texas.

En los últimos ocho meses, Alexei había cumplido

su promesa de ponerse en contacto con Chad y Elena y, poco a poco, estaba creando una relación con su primo. Desgraciadamente, Elena era una mujer amargada que seguramente se llevaría su odio a los Voronov a la tumba. Afortunadamente, a él no parecía importarle.

Chad, sin embargo, estaba encantado de relacionarse con su primo. Alexei no le contó lo que su padre había hecho y ese acto de nobleza hacía que lo amase aún más y que se sintiera orgullosa de ser su mujer.

–Chad me ha dicho que Alexei le ha ofrecido un puesto en la empresa, dirigiendo las operaciones en Estados Unidos –le contó Emma–. Imagino que ha sido idea tuya.

–No, en absoluto. La persona que llevaba ese departamento se ha retirado y supongo que Alexei ha pensado que Chad podía hacerlo estupendamente. No le habría ofrecido el puesto si no creyese en él.

Emma sonrió, apretándole la mano.

–Da igual. Lo importante es que podamos casarnos.

En ese momento, los dos hombres volvían al salón y pasaron la noche comiendo, charlando y riendo como un grupo de amigos. Paige miró a Alexei, contenta al verlo en animada conversación con su primo. Era tan diferente a como se habían mirado aquella mañana, en la sala de juntas de Moscú.

Más tarde, mientras Chad y Emma llevaban los platos a la cocina, Alexei se volvió hacia ella con expresión posesiva, sensual. Y, como siempre, Paige se derritió. Cuando la miraba de ese modo, como si lo fuera todo en el mundo para él, se deshacía de amor.

–Gracias –murmuró, inclinándose para besarla.

Paige le echó los brazos al cuello.

–¿Por qué?

–Por hacer de mi vida mucho más de lo que yo creía posible.

–Aún no he terminado –le advirtió ella–. Tengo muchas más cosas que enseñarte. Y empezaré en cuanto se vayan nuestros invitados.

La sonrisa de Alexei era ardiente, sexy.

–Estoy desando –murmuró–. Porque también yo tengo un par de cosas que enseñarte.

Horas más tarde, mientras estaba en la cama exhausta, saciada y feliz, Paige pensó que jamás se cansaría de aquel hombre.

–Te quiero –susurró, besándole la cara.

Alexei le besó un hombro, el cuello, los labios.

–*Ya tebya lyublyu* –musitó–. Más de lo que nunca puedas imaginar.

Y le demostró de nuevo, sin palabras, cuánto la amaba.